Le 24/05/14

A Jeannine,

Je vous invite à suivre les aventures de Jacques

Sauvetages

et Esperanza dans mon Ouest natal.

Bonne lecture

Nadine

—

Du même auteur, aux Editions Chloé des Lys :

TROP-PLEIN

Nouvelles (2009)

http://nadinegroenecke-auteur.over-blog.com/

Nadine Groenecke

Sauvetages

ROMAN

Chloé des Lys ASBL ÉDITIONS

LA NOUVELLE DE MA MORT EST FORT EXAGEREE !

Télégramme envoyé par Mark TWAIN, écrivain, essayiste et humoriste américain, au directeur d'un journal qui avait annoncé son décès.

1

Je suis mort aujourd'hui, en me jetant du haut des falaises d'Etretat. C'est Roland Putier qui vient de l'annoncer à la télévision dans son émission quotidienne, ce mardi 20 mai 2008, face à ses chroniqueurs et à deux millions et demi de Français.

J'ai d'abord souri puis frémi à l'idée de mon corps démantibulé gisant sur la plage. Vision macabre et surréaliste. Une boutade bien évidemment ! Orchestrée par un animateur à l'humour décapant, dont l'impertinence et la drôlerie ne sont d'ordinaire pas pour me déplaire. Un canular qui sera forcément rapidement balayé par une pirouette de l'esprit, un jeu de mots subtil comme le bonhomme les affectionne. Dans quelques secondes s'élèveront les rires du public de la salle, l'émission reprendra son cours et ma petite personne sera vite reléguée aux oubliettes. Mais ne voilà-t-il pas que ce diable de Putier en remet une couche ! Il égrène maintenant d'une voix grave tout mon parcours professionnel ! Et moi j'assiste impuissant à mon oraison funèbre !

Insensé ! Alors, je ne serais donc plus de ce monde !!! J'aurais choisi de mettre fin à mes jours en me jetant dans le vide, moi qui ne supporte même pas de regarder en bas de la fenêtre du premier étage de mon appartement ! Mais, comment ma mort pouvait-elle être annoncée dans une émission de divertissement ? Un cauchemar ! Je ne voyais que cela :

c'était un cauchemar et pas autre chose ! J'allais me réveiller et en finir avec cette histoire absurde. Ou alors peut-être bien que j'étais victime d'une de ces émissions où vos prétendus meilleurs amis vous piègent pour vous ridiculiser devant des millions de personnes ? Mais voilà, les amis, je n'en avais plus aucun ! J'avais fait le vide autour de moi. Foutu caractère associé à énorme coup de blues avaient fini par tous les faire fuir.

Soudain la panique me gagne. Et si c'était vrai ! Si j'avais vraiment basculé dans l'au-delà !!! Cette terrible éventualité me donne la chair de poule...

Pour tenter de tirer l'affaire au clair, j'entreprends de tâter mes membres un à un, saisissant malencontreusement au passage la patte de Suri, blottie sur mes genoux. Dérangée dans son sommeil, ma compagne persane n'hésite pas à me zébrer le bras d'un coup de griffe vengeur. L'attaque inopinée m'arrache un cri de douleur alors que des gouttes de sang commencent à perler à la surface de ma peau. Pas de doute, je suis bel et bien vivant ! Et, de ce fait, les propos entendus précédemment s'avèrent bien réels eux aussi !

Mais qui donc a eu l'audace de transmettre une telle information et pour quelle raison ? Pour l'instant, avide d'entendre la suite, je suis suspendu aux lèvres de Stéphanie Hourra, l'une des chroniqueuses, qui entame un éloge de ma personne en bonne et due forme. Quel faux-cul ! A peine deux mois plus tôt, elle avait fait mine de ne pas me voir lors d'un vernissage où se pressait tout le gotha. Il faut dire que je ne l'épargne guère dans mes critiques littéraires. La dernière en date lui est sûrement restée en travers de la gorge, car je n'ai pas été particulièrement tendre avec le roman qu'elle vient de faire paraître, une bluette tout juste bonne à intéresser quelques adolescents attardés ou célibataires en mal d'amour. Non mais, que croit-elle donc ? Qu'il suffit de s'acoquiner avec la bande à Putier pour obtenir le statut d'écrivain ! Mieux vaut qu'elle se contente de ses pitoyables interventions télévisuelles quotidiennes et de son site de vente de bijoux fantaisie éthiques d'un goût fort discutable, comme l'horrible collier en os de buffle qu'elle arbore ce soir dans l'émission.

S'ensuivent d'autres discours plus ou moins pompeux qui me plongent dans un état second. Jamais je ne me suis senti aussi tourneboulé ! Expérience des plus déstabilisantes, que d'entendre parler de vous au passé, croyez-moi ! Chaque acolyte de Putier verse sa petite larme et après le tour de table nécrologique, l'animateur reprend tant bien que mal le cours de l'émission pour l'interrompre à nouveau à peine dix minutes plus tard.

Le visage crispé et l'air encore plus affligé que lors de sa précédente annonce sur ma supposée mort, il révèle, tenez-vous bien… mon étonnante résurrection ! Visiblement furieux d'avoir été l'objet d'une rumeur, l'infatigable petit homme à lunettes gesticule maintenant dans tous les sens et maudit l'auteur de ce canular le plongeant dans une situation des plus délicates. Se réjouit-il au moins de me savoir vivant ? Malgré des excuses à mon endroit, envers ma famille et mes amis, j'ai comme la désagréable impression qu'il eût de loin préféré que ma mort fût réelle… Rendez-vous compte, foirer le scoop de la soirée, lui, l'homme du moment, le chantre des médias ! De quoi vous bousiller une carrière ! Le joyeux drille a visiblement perdu de sa superbe ! Et que dire de son équipe de chroniqueurs, d'ordinaire elle aussi encline à une hilarité des plus débridées ? Elle a bien du mal à refaire surface ! Et moi donc ! Ah, si je m'étais attendu à passer une telle soirée ! Je jette un regard dépité vers Suri qui ronronne de nouveau paisiblement à l'autre bout du canapé. J'ai souvent envié le sort de ma chatte. A ce moment même, j'aurais volontiers pris sa place !

Je siffle d'un trait le reste de mon verre de Pineau des Charentes, éteins mon téléviseur et reste quelques minutes les yeux dans le vague, en proie à un accès de mélancolie. Soudain, une pensée fulgurante perturbe mon fragile équilibre retrouvé. Je me lève brutalement pour me précipiter hors de chez moi. Ma mère qui loge dans l'appartement du dessous ne rate pas une seule des émissions de Putier depuis sept ans. Comment a-t-elle pris la chose ? Son cœur fragile a-t-il résisté à l'annonce en direct du suicide de son fils unique ? Je sens monter en moi une sourde angoisse. Je me hâte de sortir de ma poche la clé qu'elle m'avait refourguée un mois plus tôt - lorsque je mourrai, cela évitera de défoncer la porte, avait-elle indiqué en me la tendant - et la glisse dans la serrure. Je m'engouffre dans le salon, où la vue de ma chère Maman, assoupie dans son fauteuil Voltaire, me comble d'aise. Je bénis le ciel de l'avoir épargnée et m'en retourne sur la pointe des pieds.

Cette nuit-là, point d'insomnie, je dormis comme un bébé, bienfait qui ne m'avait pas été accordé depuis belle lurette, plus d'un an, pour être précis. Depuis tout ce temps, j'avais comme qui dirait le « moral dans les chaussettes », autrement dit, j'étais victime d'une dépression digne du plus bel ouragan tropical. Je me sentais comme dépossédé d'une partie de mon cerveau, dépouillé de toute joie de vivre, infirme de la vie. La raison ? Je la cherchais vainement. Ecrivain à succès et critique littéraire reconnu, je fréquentais du beau monde et menais un train de vie dispendieux dans les soirées les plus branchées de la capitale ou aux quatre coins de la planète. Célibataire, je collectionnais les conquêtes féminines, n'en déplaise à ma mère, à l'affût de mes frasques dans les magazines people. Il m'arrivait même parfois de m'intéresser à la gent masculine, histoire de casser la routine.

Côté santé, rien à signaler. Tout baignait. En somme, rien que du positif. Une vie que le commun des mortels devait m'envier ! Et pourtant, la dépression m'était tombée dessus sans crier gare. Un réveil pas comme les autres à l'aube d'un été 2007 qui s'annonçait de prime abord sous les meilleurs auspices avec la parution de mon dernier livre. Une annulation des interviews et passages télé programmés pour sa promotion et une incapacité à fournir la moindre explication à mon éditeur.

Mais comment comprendre moi-même cette brutale sensation de vide, ce dégoût de la vie chevillé au corps et cette absence totale d'énergie qui s'abattaient brutalement sur moi ? Pas une simple petite déprime non, un mal de vivre profond, dont les médias n'avaient bien entendu pas hésité à faire leurs choux gras et qui ne pouvait aujourd'hui que concourir à la véracité de l'annonce de mon suicide. Il m'était d'ailleurs très facile d'imaginer les titres des journaux de demain :

TRAGIQUE FIN POUR JACQUES MERVAN

L'écrivain et critique littéraire n'est pas parvenu à sortir de sa dépression, il s'est donné la mort hier après-midi en se jetant du haut des falaises d'Etretat

et aussi ceux de la presse à sensation :

LA LENTE AGONIE DE JACQUES MERVAN

Il n'a pas supporté d'être abandonné de tous.

Mais ce matin, point d'idées noires. Je me sens comme neuf, comme sorti d'un long tunnel, comme rescapé d'une grande catastrophe. L'ouragan tropical qui m'a longtemps tenu prisonnier, malmené jusqu'à l'extrême, a fini par s'éloigner. A ce moment même, j'en ai l'intime conviction. La bourde de Putier est-elle responsable de cette renaissance ? Fort probable. Dans un premier temps, l'annonce de ma mort m'avait pourtant refroidi, si j'ose m'exprimer ainsi ! Cette mésaventure, pas donnée à tout le monde, vous en conviendrez, a de quoi vous ébranler ! Alors imaginez l'effet produit sur un dépressif de longue durée ! Mais, une fois la pilule avalée, je m'étais senti comme ragaillardi. Cette expérience surnaturelle avait provoqué l'électrochoc qui devait me sortir de ma léthargie. Il fallait absolument que j'en remercie le responsable !

Je m'installai à mon bureau, débarrassai sa surface de tous les documents qui l'encombraient et entrepris l'écriture d'une lettre destinée à mon sauveur. Arrêt brutal au bout de quelques lignes. Le style ne convenait pas. Un peu plus d'impertinence s'imposait pour rivaliser avec l'humour légendaire de Roland Putier. Je bouchonnai ma feuille de papier qui, grâce à un tir de toute beauté, atterrit tout droit dans la corbeille. Ma dextérité m'étonna moi-même. J'avais vraiment retrouvé la pêche ! Je repris ma plume pour rédiger cette fois d'un seul trait la missive suivante :

Mon Cher Ami,

Quelle ne fut ma surprise d'apprendre, dans votre émission quotidienne et par votre bouche même, que lundi dernier j'étais passé de vie à trépas ! Je ne savais pas que vous versiez désormais dans le nécrologique.

Sans vouloir vous offenser, cette nouvelle profession de croque-mort vous sied à ravir et vous devriez peut-être désormais vous y consacrer davantage. Un petit complet noir par-dessus une sobre chemise blanche et l'affaire sera faite... En début d'émission, vous lancez la rumeur et, à la fin, vous endossez le costume de Dieu le père, puisque vous semblez détenir l'incroyable capacité de ressusciter ceux que vous venez à peine d'enterrer ! Grâce à vous, je pourrais désormais, si je ne tenais pas autant au prénom choisi par ma chère mère, exiger de me faire appeler Jésus. D'ailleurs, comme vous le savez, j'ai moi aussi mon chemin de croix. C'est sans doute la raison pour laquelle l'information que vous savez désormais parfaitement erronée a été annoncée.

Je voudrais, par ces écrits, rassurer votre esprit - vraisemblablement déjà bien tourmenté par cette fausse rumeur - sur mon état de santé mental. Tout va bien, je ne songe nullement à faire le grand saut du haut des falaises d'Etretat (j'ai toujours eu le vertige) pas plus qu'à me tirer une balle dans la tête ou à me jeter sous un train. Non, je ne souhaite pas mourir, car la vie n'a pas de prix et je vous remercie infiniment de m'en avoir fait prendre conscience. Entendre à la télévision, un soir de grande écoute, l'annonce de ma propre mort a ébranlé mes neurones endormis. Grâce à vous, je sors enfin de mon carcan. Vous êtes mon bienfaiteur inattendu et je tiens expressément à vous en remercier. Pour vous exprimer cette reconnaissance, que diriez-vous de m'accueillir à nouveau dans une de vos prochaines émissions dont je suis, comme vous le savez, un inconditionnel ?

Très cordialement et à bientôt j'espère...

Jacques Mervan

PS : afin d'ôter de votre esprit le doute sur l'authenticité de cette lettre, je vous rappelle notre nuit torride de juillet 2005 à votre domicile...

A peine l'enveloppe cachetée, j'étais déjà dans la cage d'escalier de l'immeuble. La poste se trouvait à deux pas. D'un air satisfait, je glissai ma lettre dans la fente de la boîte et gagnai ensuite d'un pas alerte le bistrot du coin dans lequel je n'avais pas remis les pieds depuis de nombreux mois. Je commandai un ballon de rouge pour fêter ma résurrection et répondis fort aimablement à toutes les questions du patron du bar qui, déjà au courant de ma fausse mort, voulait profiter de l'aubaine pour tirer cette histoire au clair. Puis je filai chez le poissonnier et achetai deux douzaines d'huîtres. Chez le boulanger-pâtissier, j'optai pour un pain de seigle et deux parts de Paris-Brest. Enfin, je fis une dernière halte chez le fleuriste et ressortis avec une superbe brassée de roses rouges.

Parvenu à quelques dizaines de mètres de mon immeuble, je repérai une dizaine de paparazzis postés devant l'entrée. Quelle poisse ! La meute n'avait pas traîné à rappliquer. Contrarié, je réfléchis au moyen de lui échapper, car je n'avais nulle envie, pour le moment, de me plier à un interrogatoire. Dissimulé derrière mon bouquet, je bifurquai sur la gauche, empruntai l'allée qui menait aux garages et parvins devant la fenêtre de Madame Mervan mère. Je martelai trois coups sur la fenêtre du salon qui ne tarda pas à s'ouvrir puis, encombré de mes paquets, je l'escaladai.

Maman ne me posa aucune question. Comme si débarquer chez elle par la fenêtre relevait de l'ordinaire. Pas étonnée non plus par mes petites attentions dont elle n'avait pourtant pas bénéficié depuis bien longtemps. Habituellement, c'était elle qui me préparait la plupart de mes repas et pas seulement depuis le début de ma dépression. Veuve depuis de longues années, elle avait reporté tout son amour sur son fils chéri sur lequel elle veillait toujours depuis cinquante-cinq ans. Intrigué par son manque de curiosité, je commençai à me demander si elle avait bien encore toute sa tête. En tout cas, son appétit, lui, n'était pas en reste, si je considère la vitesse à laquelle elle ingurgita ses huîtres. « Tu aurais dû en prendre davantage, mon chéri » proféra-t-elle l'air contrarié. « La prochaine fois, j'en achèterai une douzaine de plus », m'entendis-je lui répondre, abasourdi à la fois par le reproche et par son appétit d'ogre.

- Dis donc Coco, - c'était le surnom qu'elle me donnait depuis l'enfance ; de Jacquot, elle était passé à Coco, moins ringard d'après elle - je crois que j'ai un problème avec le truc de l'ordinateur ; tu sais, ce drôle d'appareil que tu as installé sur l'étagère.

- La Livebox ?

- Oui, je ne peux plus accéder à Internet alors si tu pouvais y jeter un oeil.

Eh oui, j'oubliais de vous dire, non seulement ma mère bouffe comme un adolescent en pleine croissance mais en plus, elle est au faîte de la technologie. Elle vient de s'acheter un ordinateur. Depuis, elle consacre des après-midi entiers à écrire et à surfer sur Internet. Il paraît qu'elle rédige ses mémoires et qu'elle envisage de les publier. Sans doute compte-t-elle sur la notoriété de son fils pour y parvenir. Après tout, pourquoi pas ! Les critiques se montreraient indulgents avec une dame d'un âge avancé (bientôt soixante-seize ans) et elle obtiendrait sans doute l'une des dernières satisfactions de son existence.

Tandis que je m'appliquais à satisfaire la demande de Maman, cette dernière s'installait confortablement devant la télévision pour ne pas manquer son feuilleton quotidien. Je parvins non sans mal à réactiver le Wi-Fi, puis je pris congé. Inutile de rester plus longtemps, dès lors que retentissaient les premières notes du générique, plus rien d'autre ne comptait pour ma mère, pas même son fils adoré ! Je l'abandonnai donc sans regret mais, avant de repartir, je pris soin de vérifier qu'aucun journaliste ne se trouvait encore dans les parages.

De retour dans mon appartement, j'enclenchai mon répondeur. Pas moins de quarante messages y étaient enregistrés. Tous émanaient de mes « amis » subitement retrouvés qui exprimaient leur immense soulagement de me savoir toujours de ce monde et leur totale indignation face à l'attitude méprisable des médias. Je n'allai pas jusqu'au bout, écœuré par l'hypocrisie de leurs propos. Où étaient-ils donc passés depuis plus d'un an ? Pas un seul ne s'était manifesté durant ma période noire. Dépité, je gratifiai Suri d'une énorme caresse - elle au moins, elle m'était restée fidèle - puis, je me dirigeai vers la salle de bains pour prendre une douche et c'est là, sous le jet brûlant, que l'idée me vint…

2

Attendre la réponse de Putier qui ne saurait tarder. A la fin de la lecture de ma lettre, il jubilerait déjà rien qu'à l'idée de faire grimper en flèche son audimat ! Puis, prendre rendez-vous et tout faire basculer ! Reprendre enfin le contrôle de ma vie et faire mordre la poussière à ceux qui m'avaient enterré trop vite. Désormais, le seul maître de mon destin, ce serait moi !

Comme prévu, mon courrier suscita une réponse des plus rapides. L'intéressé se manifesta en personne par téléphone dès le lendemain et, après les politesses de circonstances, la date de mon passage dans l'émission fut fixée à la semaine suivante.

Putier n'avait pas hésité à chambouler son planning, n'en déplaise à l'invité programmé initialement. Lorsque je fis mine de me soucier du mécontentement prévisible de la personne en question et que je suggérai une date ultérieure, il balaya d'un trait ma proposition. Et pour cause ! Il fallait faire vite. Impossible de prendre le risque qu'une autre chaîne obtienne le privilège d'accueillir Jacques Mervan, disparu des écrans un an plus tôt. L'animal devait déjà se frotter les mains. Que du bonheur en perspective ! Audience assurée et image redorée après son énorme bourde. Il allait montrer combien sa maladresse, au bout du compte, m'avait été profitable et s'en sortir avec les honneurs. A peine l'appel achevé, il devait déjà convoquer son staff en urgence et réfléchir avec lui au déroulement de cette émission pas comme les autres. Ah, s'il savait ce qui l'attendait ! J'avais en effet décidé que rien ne se passerait comme il l'avait prévu, j'allais faire en sorte que cette soirée reste son pire cauchemar !

Mais, pour mettre mon plan à exécution, il me fallait une alliée et une alliée de taille. Quelqu'un sur qui je puisse vraiment compter. Une personne qui ne me trahirait en aucune circonstance. Qui d'autre plus que ma mère pouvait remplir ce rôle ! Mais allait-elle comprendre ma démarche ?

Je passai une bonne partie de la nuit à échafauder mon plan. Le lendemain, tout était clair dans ma tête. Ne me restait plus qu'à l'annoncer à ma complice en devenir. Je m'en voulais un peu d'embarquer Maman dans cette histoire, mais pour éviter de la faire souffrir je n'avais pas d'autre solution.

Chez elle, quelques minutes plus tard.

- Maman, tu es sûre que tu as bien compris quelles étaient mes intentions ?

Elle haussa les épaules avant de répondre :

- Evidemment, c'est pas parce que je vais bientôt avoir soixante-seize balais que je suis complètement gaga ! Tu as été très secoué lorsque tu as entendu Roland Putier annoncer ta mort à la télévision et tu veux te venger. Tu ne te rendras pas, comme prévu, à son émission et tu resteras introuvable. A la suite de quoi tout le monde pensera que tu t'es suicidé, Putier le premier. C'est simple comme bonjour ! Elle fronça les sourcils avant d'ajouter : « Pauvre bougre, il va être dans tous ses états ! »

- Tu ne vas pas me dire que tu réprouves ma décision ? m'exclamai-je en la fusillant du regard.

- Non, non... je te comprends, fit-elle en baissant le menton. Et elle poursuivit d'une voix faible : mais... peut-être y vas-tu un peu fort. Tu ne crois pas ?

Je soupirai puis repris en haussant derechef le ton :

- Mais Maman, on ne peut pas impunément s'emparer d'une information et la divulguer, n'importe comment, n'importe où, que ce soit à la télévision, à la radio ou dans la presse, surtout lorsqu'elle n'a même pas été vérifiée ! Tu imagines ta réaction si tu n'avais pas été endormie ce soir-là !

Elle resta un moment silencieuse. Puis elle se rapprocha de moi, leva le bras pour me tapoter le dos et finit par dire :

- Oui, tu as raison, mon chéri. Après un tel choc, je ne serais sans doute plus de ce monde !

- C'est pourquoi le moment est venu de faire cesser ces pratiques ignobles. Et, grâce à cette fugue déguisée en suicide, j'espère bien y parvenir. Bon, maintenant, passons aux choses sérieuses : si tu acceptes de m'aider, tu vas devoir gérer la disparition subite et inexpliquée de ton fils et ce pendant deux ou trois mois, jusqu'à ce que je décide de dévoiler le pot aux roses.

- Cette perspective ne m'inquiète pas. Bien au contraire ! Enfin un peu de piment dans ma vie ! Et qui sait si je ne vais pas pouvoir en tirer des idées pour un futur roman ? déclara-t-elle d'un ton devenu tout à coup très enjoué.

J'étais abasourdi. Après avoir ostensiblement manifesté sa compassion pour l'ignoble Putier, voici maintenant que ma chère mère se préoccupait davantage de ses écrits à l'eau de rose que de mon départ ! Je ne manquai pas de lui en faire part d'un ton amer :

- Si je comprends bien, tu devrais t'accommoder de mon absence sans problème !

- Ecoute mon Coco, cet éloignement nous sera profitable à l'un comme à l'autre ! riposta-t-elle. Et elle ajouta sèchement : il est temps que tu coupes le cordon !

Cette réponse me sidéra encore davantage. Je me retournai pour masquer mon trouble. Après un silence prolongé, je fis volte-face, résolu à poursuivre sur un autre terrain pour ne pas risquer d'entendre d'autres propos dérangeants.

- Tu sais que ma disparition va provoquer un beau tapage médiatique, crois-tu être en mesure de le supporter ? fis-je en lui assénant mon regard le plus grave.

- Oui ça ira, ne t'en fais pas, me répondit-elle d'un air absent et en se resservant tranquillement un verre de vin blanc.

- Mais Maman, je ne suis pas certain que tu réalises ce qui t'attend ! continuai-je, de plus en plus irrité.

- Que veux-tu dire ? demanda-t-elle un brin soucieuse cette fois-ci.

- Les paparazzis vont te harceler sans relâche. Ils te suivront dès que tu mettras le nez dehors, ils viendront sonner à ta porte, te téléphoneront ; il te faudra jouer les mères éplorées ; ta photo passera dans la presse, peut-être même que la télévision te réclamera !

Et ma mère de me surprendre de plus belle :

- Tu crois ? Oh ! Alors, il faut tout de suite que je prenne rendez-vous chez mon coiffeur ! Elle se détourna ensuite vers le miroir qui surplombait le vieux buffet bas du salon et, tout en se triturant nerveusement les cheveux ajouta : « Non vraiment, je ne peux pas me permettre d'apparaître dans les journaux ou à la télé avec cette tête-là ! »

- Mais Maman, elle est très bien ta tête, reste comme tu es ! rétorquai-je, outré à la fois par ses débordements de coquetterie et par le peu d'intérêt qu'elle semblait accorder à mes propos.

De nouveau, elle haussa les épaules.

- Tu plaisantes ou quoi, on dirait un épouvantail ! Je n'ai

pas mis les pieds au salon de coiffure depuis au moins deux mois ! Quant à tes paparazzis, je t'assure que je saurai leur faire face et assurer mon rôle de mère pétrie d'angoisse. Les petits blancs-becs n'y verront que du feu !

Je restai un instant interdit face à tant de détermination, puis je finis par marmotter :

- N'en fais pas trop quand même !

- Je te dis de me faire confiance, répondit-elle d'un ton sans réplique. Et elle poursuivit avec le plus grand sérieux :

- Où as-tu l'intention d'aller ?

Soulagé d'en revenir à ce qui me tenait à cœur, j'entamai alors mes explications :

- J'ai tout d'abord envisagé de partir à l'étranger. Mais, avec les billets d'avion, on retrouverait ma trace très facilement. Alors, il m'est venu une autre idée : me rendre dans la maison que tata Christiane t'a léguée en héritage.

- Dans l'île d'Oléron ?

- Oui.

- Mais elle est louée dès le mois de juin, comme chaque année !

- Eh bien, tu vas trouver un prétexte quelconque pour annuler la location. Pourquoi pas une soudaine invasion de puces par exemple ? Je te rembourserai l'intégralité des loyers et si nécessaire, le dédommagement du client.

- Là n'est pas le problème, tu le sais bien ! Ma crainte, c'est qu'on te repère en moins de deux ! La région ne va pas tarder à grouiller de touristes !

Enfin un soupçon d'inquiétude à mon endroit, songeai-je in petto tout en poursuivant la conversation :

- Rassure-toi, je ferai en sorte de sortir le moins possible et quand je mettrai le nez dehors, lunettes de soleil et chapeau seront de mise. J'ai aussi l'intention de me laisser pousser la barbe et les cheveux. Cela devrait suffire pour garantir ma présence incognito dans l'île.

Maman resta silencieuse un moment puis me dit :

- Après tout, cette cachette ce n'est peut-être pas une mauvaise idée.

- C'est même la meilleure qui soit, j'en suis convaincu. Je n'ai pas remis les pieds dans la villa depuis mes douze ans. Qui donc aurait l'idée d'aller me chercher là-bas ?

Mon auditrice, visiblement toujours perplexe, marqua un nouveau temps d'arrêt avant de reprendre :

- Comment vas-tu faire financièrement ? Il va bien falloir que tu effectues des retraits sur ton compte et les enquêteurs comprendront alors que tu es toujours vivant, même si l'hypothèse du vol de ta carte peut aussi être envisagée.

- C'est pourquoi je vais avoir besoin de ton aide pour les aiguiller sur la piste du suicide. Pas de retraits bien entendu. Accepterais-tu de me prêter du liquide ? Juste de quoi tenir le coup pendant quelques mois ? Il s'agit uniquement de pouvoir à mes dépenses de nourriture.

- Bien entendu ! Mais, comment vas-tu t'en sortir tout seul ? Tu sais à peine faire cuire un œuf !

- Ne t'inquiète pas pour ça, je me débrouillerai.

- Et à quoi vas-tu donc occuper ton temps ?

- Que pourrait bien faire un écrivain cloîtré dans une maison pendant plusieurs semaines d'après toi ? lui demandai-je avec un sourire en coin.

Le visage de Maman s'éclaira illico et elle lâcha un tonitruant « ECRIRE » !

- Il est temps de s'y remettre, tu ne crois pas ?

- Oh que si ! Il est plus que temps ! Tu vas nous pondre un nouveau best-seller ! Je suis tellement contente que tu te décides enfin à renouer avec l'écriture ! Tous ces mois sans rien faire, quel gâchis ! Mais tu vas te rattraper maintenant, c'est sûr !

A l'idée de recouvrer son écrivain de fils, Maman voyait déjà se profiler les prix littéraires qui manquaient à son palmarès. Je profitai de cet instant de grâce pour exprimer un nouveau souhait :

- J'ai un dernier service à te demander.

- Tout ce que tu voudras, mon chéri. Vas-y, je t'écoute, fit-elle, les yeux béats d'admiration pour son futur prix Goncourt.

- Il me faut un nouvel ordinateur. Je ne peux pas me permettre d'emporter le mien, cela éveillerait les soupçons. Bien entendu, je pourrais me contenter d'un cahier et d'un stylo mais, toi qui goûtes actuellement aux joies du clavier, tu comprendras que ce temps-là est révolu.

- Tu ne vas pas emporter le mien tout de même ? interrogea-t-elle, inquiète.

- Bien sûr que non, je te demande juste d'aller m'en acheter un.

- Mais que vont-ils dire au magasin, cela fait à peine un mois que j'ai celui-ci ! fit-elle en désignant l'objet qui accaparait ses journées.

- Ce n'est pas la seule boutique d'informatique de la ville, que je sache ! Tu vas changer de crèmerie ! Au fait, sais-tu comment utiliser ta messagerie ?

- Bien évidemment ! Je m'en sers quotidiennement. Qu'est-ce que tu crois, j'ai un réseau d'amis moi !

Je ne relevai pas l'allusion certaine à mon mauvais caractère et me contentai de répondre :

- Parfait, à défaut de téléphone portable, je te contacterai par ce biais.

En quittant Maman, j'étais rassuré. Je pouvais compter sur son appui. Une seule chose me crevait le cœur : laisser Suri entre ses mains, elle qui exécrait les chats, et plus particulièrement le mien. L'animal, d'ailleurs, le percevait parfaitement. A peine franchissait-il le seuil de ma porte qu'il lui assenait déjà son regard le plus noir tout en se carapatant dans une autre pièce. La cohabitation risquait donc d'être difficile. Elle était même capable de profiter de l'occasion pour s'en débarrasser ! Mais, je n'avais pas le choix, une personne qui a l'intention de se suicider n'emmène pas son animal de compagnie avec elle. Après tout, Maman pourra se contenter de venir lui donner sa pitance dans mon appartement. A défaut de caresses, ma chatte aura au moins l'estomac plein.

Dès le lendemain, ma mère me rapportait un ordinateur portable flambant neuf. Le modèle dernier cri, c'était parfait ! Elle me remit également la liasse de billets qu'elle venait de retirer de son compte épargne. Une somme bien plus conséquente que prévue. Alors que je protestais, elle argua : « On ne sait jamais ce qui peut arriver ! » Et elle ajouta : « Tu n'auras aucun mal à me rembourser avec les revenus générés par les ventes de ton prochain livre ».

Ne me restait plus qu'à préparer mes effets personnels, le strict minimum bien entendu. Je jetai à la hâte dans un sachet plastique deux shorts, quatre tee-shirts, six slips, un chapeau de soleil, une brosse à dents neuve, un tube de dentifrice, un flacon de gel douche et deux serviettes de toilette. J'ajoutai quelques boîtes de conserve, des paquets de pâtes, de riz, de café, du pain de mie et de la margarine. De quoi tenir plusieurs jours sans mettre le nez dehors. Je savais que sur place je disposerais de tout le matériel nécessaire pour cuisiner. J'avais suffisamment d'essence pour rejoindre mon point de chute et, à l'arrivée, je prendrais soin de dissimuler la voiture dans le garage. Elle n'en bougerait plus de tout mon séjour. J'emprunterais le vélo destiné aux locataires pour mes déplacements occasionnels. Mon départ était prévu pour le lendemain, en pleine nuit. Je laisserais l'appartement tel qu'il était, c'est-à-dire en désordre et sale. Rien de mieux pour parfaire mon état dépressif. Pour grossir encore le tableau, je décidai de vider un pack entier de bière dans l'évier et de disséminer les canettes vides dans toutes les pièces. Dans la salle de bains, on trouverait bien en évidence ma brosse à dents, un tube de dentifrice non rebouché, mon rasoir et un monticule de linge sale. Sur la table basse du salon, je ferais figurer en bonne place mon téléphone portable, inutile à un futur cadavre. Ah, autre détail important : je ne laisserais pas de message laissant supposer ma mort, il fallait que le mystère reste entier. Les médias allaient se déchaîner et Putier en perdre la raison !

Mon ultime jour sur place fut consacré à Maman. Je lui devais bien ça. Je quittai l'immeuble endormi vers deux heures du matin, harnaché d'un sac à dos contenant mon tout nouvel ordinateur portable et avec en main le sachet plastique renfermant mon maigre paquetage. Au dernier instant, j'y avais ajouté deux romans, « *La vie mode d'emploi* » de Georges Perec que je comptais bien relire entièrement et le dernier ouvrage d'Eric-Emmanuel Schmitt dont j'aurais dû assurer la critique, mais que je n'avais même pas pris la peine d'ouvrir.

Suri, pressentant vraisemblablement un abandon imminent, ne m'avait pas lâché d'une semelle de toute la soirée. Elle poussa un miaulement déchirant lorsque je refermai la porte et, parvenu au rez-de-chaussée, j'entendais encore sa plainte siffler dans mes oreilles. L'idée de renoncer à mon escapade prolongée m'effleura l'esprit. En démarrant la voiture, je n'y songeais déjà plus. Je savais désormais que j'irais jusqu'au bout.

3

Cinq cent quatorze kilomètres : telle était la distance à parcourir qui s'affichait sur mon GPS et, comme j'avais décidé de ne pas emprunter l'autoroute pour éviter tout risque d'être reconnu, l'heure de mon arrivée était estimée à sept heures du matin. Un horaire tout à fait convenable : le village encore endormi, je pourrais gagner mon refuge en toute discrétion.

En sortant du garage, je dirigeai instinctivement mon regard vers la fenêtre de Maman. Comme je le pressentais, elle était bien là. Sa frêle silhouette se détachait dans la pénombre, derrière le rideau ajouré de la cuisine. Un sentiment de culpabilité m'envahit brutalement. A cette heure plus que tardive et à son âge, elle aurait dû dormir du sommeil du juste. Elle devait se faire un sang d'encre et n'allait sans doute plus fermer l'œil de la nuit. Et tout ce temps éloignés l'un de l'autre, allait-elle le supporter ? Jamais encore nous n'avions été séparés aussi longtemps, mes escapades sentimentales ou professionnelles n'excédant pas d'ordinaire la semaine. Même si elle m'enjoignait de « couper le cordon », je n'étais pas vraiment certain que tel était son souhait. Et s'il lui arrivait malheur pendant mon absence ? Cette funeste pensée à l'esprit, je lui adressai un bref signe de la main. Malgré mes inquiétudes, je ne pouvais me résoudre à renoncer à mon projet.

Je roulai lentement jusqu'au bout de l'allée avant de tourner à gauche pour prendre la direction d'Orléans.

Dès les premiers kilomètres, mon vague à l'âme se dissipa, car je venais de retrouver une sensation oubliée depuis un an : le plaisir de conduire. Coutumier des départs à l'improviste vers des lieux habituels ou inconnus, à la rencontre de vagues connaissances ou d'une belle à satisfaire, j'avais, dès le début de ma dépression, presque totalement délaissé la conduite. Quel panard de s'y adonner de nouveau ! La route quasi déserte m'appartenait, je me sentais étrangement calme et détendu, totalement libre. Je venais avec délices de me réapproprier mon véhicule et j'avais du mal à comprendre comment j'avais pu m'en passer pendant toute une année. Mais si, durant la période insouciante de ma vie, je flirtais dangereusement avec la sortie de route, là, je gardais les yeux rivés sur le compteur. Pas question de me foutre en l'air ! Mon plan se retournerait alors bêtement contre moi. En cas de décès, tout le monde, hormis ma chère Maman, penserait à un suicide. Je l'imaginais déjà faire face à une horde de journalistes et racontant tout le scénario que j'avais imaginé, que ces derniers, bien entendu, ne manqueraient pas d'attribuer à des affabulations ! Non, vraiment ce serait trop bête ! Sans compter que Putier pourrait cette fois annoncer ma mort pour de bon ! Hors de question d'en arriver là !

Au fur et à mesure que les kilomètres s'égrenaient, mon cerveau cherchait maintenant à reconstituer les souvenirs lointains des vacances dans la villa de l'île d'Oléron. Combien d'étés avais-je passés là-bas ? Sept ou huit peut-être, du moins suffisamment pour conserver dans un coin de ma mémoire quelques plaisantes scènes familiales. Images fugaces, un brin nostalgiques d'une enfance insouciante et heureuse, durant laquelle le petit garçon que j'étais profitait sans compter des joies de la baignade et des promenades sur la plage, sous le regard bienveillant de sa tante et de sa mère. Mais aussi pique-niques joyeux, jeux de balle dans le jardin et parties de pêche avec mon père, à l'affût des crabes dissimulés sous les rochers. Bonheur interrompu brutalement l'année de mes douze ans, lorsque Papa décéda d'une crise cardiaque. Plus jamais nous n'avions remis les pieds dans la maison de ma tante. Depuis ce jour, la villa « Mon rêve » ne comblait plus que les estivants qui la louaient et le mot « vacances » avait été banni du vocabulaire familial.

Une fois veuve, la vie de Maman avait été entièrement dédiée à mon éducation et à mon bien-être. Aucun homme n'avait pu prendre la place du disparu dans son cœur, j'étais devenu son unique raison de vivre. Mon arrivée dans cette villa, chargée de souvenirs heureux, me plongeait dans un état d'euphorie teinté d'appréhension, car je savais bien qu'entrouvrir une fenêtre de mon passé induirait immanquablement une part de douleur.

Je m'arrêtai à mi-parcours pour me dégourdir les jambes, satisfaire un besoin naturel et savourer la dernière cigarette de mon paquet qui, je l'avais décrété hier soir, devait aussi correspondre à la dernière de toute ma vie. Il était grand temps que je me soucie de ma santé. Le moral de nouveau au beau fixe, je pouvais désormais envisager sereinement d'arrêter de fumer. Le tabac, pas plus que Putier, n'aurait raison de moi ! Maman sauterait de joie en apprenant la nouvelle, trente ans qu'elle essayait en vain de me dissuader de mon vice ! Elle n'avait pourtant pas ménagé sa peine pour tenter de me convaincre d'abandonner ma dangereuse compagne. Mais ni les enregistrements réguliers d'émissions médicales sur le sujet ni les avertissements réitérés de ses amis médecins n'avaient suffi. « Tu n'en fais qu'à ta tête, me serinait-elle ». Refus de me soumettre à l'autorité maternelle ou inconscience totale du danger ? Un peu des deux sans doute. En tout cas, cette fois, c'était différent, puisque la décision m'incombait. Je jetai le mégot d'un geste convaincu et je repris la route le cœur léger, avec en tête l'image de mes poumons que j'imaginais bientôt aussi roses que ceux d'un nouveau-né.

Tout en fredonnant l'air d'une reprise des années 70 diffusé par l'autoradio, je réfléchissais à la trame de mon prochain livre. Roman sentimental ou roman policier ? J'hésitais encore. Et pourquoi pas combiner les deux ? L'idée ne me déplaisait pas. Jusqu'à présent j'avais plutôt versé dans le polar burlesque, à l'humour caustique et grinçant. Il était peut-être temps de changer de registre, quitte à déplaire à mon éditeur. Mais l'inspiration serait-elle au rendez-vous ? J'avais maintenant hâte de me remettre à écrire pour le savoir. Ah, retrouver ce sentiment de toute-puissance, cette faculté de faire danser les mots, de façonner les personnages et les décors, de colorier l'histoire aux couleurs de mes idées ! Nulle autre activité n'avait su me procurer autant de satisfaction. Je piaffais d'impatience tel un enfant la veille de Noël ! Quelle histoire allais-je bien pouvoir extraire de mon cerveau ramolli ? Si tant est que j'y parvienne ! Les mots allaient-ils de nouveau surgir, s'entrechoquer et finir par cohabiter en parfaite harmonie ?

J'étais loin de me douter, à ce moment-là, que la vie peut parfois se révéler aussi surprenante que dans les livres. Alors que je m'imaginais déjà installé sur la terrasse du jardin en train de saisir le contenu de mon premier chapitre, un événement des plus contrariants et pour le moins inattendu vint couper court à ma rêverie et ébranler ma sérénité retrouvée.

Une jeune femme surgit affolée du bois environnant pour se planter au beau milieu de la route. Je pilai brutalement, m'arrêtant juste à temps pour l'éviter. Mon nez heurta violemment le volant, m'infligeant une douleur aiguë et provoquant un début d'hémorragie. Puis, tout s'enchaîna rapidement. Sans me demander mon avis, l'inconnue s'engouffra dans ma voiture, haletant tel un animal aux abois. Elle agitait les bras dans tous les sens et ses yeux agrandis par la terreur me suppliaient de l'aider. Du sang coulait sur sa joue droite tuméfiée, elle avait les pieds nus et sa robe déchirée laissait apparaître un sein que j'aurais apprécié de voir en d'autres circonstances.

Je m'apprêtais à la questionner, lorsque qu'une seconde apparition des plus inquiétantes m'en dissuada totalement. Le visage d'un homme au regard démentiel venait de se plaquer derrière la vitre. Armé d'un couteau de boucher, il tentait d'ouvrir la portière en poussant des hurlements du diable. N'y parvenant pas, il entreprit alors de tambouriner de toutes ses forces sur la vitre en vociférant dans une langue qui m'était inconnue. Terrorisée, la jeune infortunée s'était pelotonnée contre moi et son corps tout entier tressautait violemment à chaque martèlement de poing du forcené tandis que ses ongles s'enfonçaient profondément dans ma chair.

A cet instant précis, je compris que ce n'était pas le moment de traîner dans le coin. Mieux valait partir sans demander son reste ! Je démarrai en trombe avec ma passagère pétrifiée d'angoisse toujours agrippée à moi. Je n'en menais pas large moi non plus !

Cette fois, je ne me privai pas d'appuyer sur le champignon tout en gardant un œil rivé sur le rétroviseur afin de m'assurer que le fou furieux ne nous avait pas pris en chasse.

L'inconnue, toujours sous le choc, accusait encore un léger tremblement. Silencieuse, elle fixait la route d'un air hagard. Je la laissai se remettre de ses émotions et roulai sans rien dire moi non plus, me contentant de lui jeter quelques coups d'œil furtifs de temps à autre.

Au bout de quinze kilomètres, estimant être hors de portée de l'agresseur, je bifurquai dans un petit chemin de campagne pour m'arrêter quelques centaines de mètres plus loin, dans un endroit retiré. Nouvel accès de panique chez la jeune femme que je réussis, Dieu merci, rapidement à éradiquer grâce à un geste apaisant lui signifiant que je n'avais nullement l'intention de la violer ou de la maltraiter. Elle m'adressa un regard des plus reconnaissants, puis son visage redevint grave ; je détournai les yeux, tout aussi accablé, réalisant subitement que ma bonne action remettait fortement en question mes projets.

C'était foutu, songeai-je, désabusé. Mon plan était ruiné. J'allais devoir trouver le commissariat de police le plus proche et être dans l'obligation de décliner mon identité. Si je me contentais de déposer ma passagère, elle ne manquerait pas de me décrire, peut-être même m'avait-elle déjà reconnu malgré la peur qui l'habitait. L'agression serait mentionnée dans les journaux et on n'y manquerait pas d'y faire figurer mon nom. J'étais bel et bien coincé et pris à mon propre piège ! Ne me restait plus qu'à regagner la capitale et me rendre à l'émission de Putier. Mais pourquoi diable avait-il fallu que cette fille se trouve sur mon chemin !!!

Blottie au fond de son siège comme un petit animal sans défense, mon indésirable rencontre m'observait sans rien dire, tenant relevé le morceau de sa robe déchirée pour dissimuler son anatomie dévoilée. Confus, j'attrapai à la hâte un sweat qui traînait sur le siège arrière de la voiture, et le lui tendis. Elle ne se fit pas prier pour l'enfiler. Puis je farfouillai dans la boîte à gants à la recherche d'un mouchoir en papier. Elle tressaillit lorsque je l'appliquai sur sa blessure, mais ne laissa échapper aucune plainte. Son regard suivait chacun de mes gestes, tel celui d'un enfant désireux de comprendre le monde des adultes. De toute évidence la malheureuse était encore en état de choc. A mon tour, je me nettoyai le visage tout en vérifiant avec précaution l'état de mon nez. Pas de fracture, semblait-il, j'avais eu de la chance ! Soulagé et enfin remis de mes émotions, je me décidai à briser le silence :

- Ça va aller maintenant, soyez rassurée. Vous êtes en sécurité.

Pas de réaction immédiate. Toujours ce même regard perdu. Puis soudain, les bras de l'inconnue s'agitèrent frénétiquement pour entamer une drôle de gestuelle, plus simiesque qu'humaine. Je la regardai d'un air décontenancé. Que signifiait cette attitude saugrenue ? C'est alors qu'elle s'empara d'un stylo puis d'un autre mouchoir et qu'elle y inscrivit en gros caractères « muda ». Je n'étais pas plus avancé. A quoi correspondait ce mot ? A son prénom ? Et pourquoi ne parlait-elle pas ? Je lui demandai doucement :

- Moi Jacques et vous ? Vous vous appelez Muda, c'est ça ?

Elle dodelina de la tête pour répondre par la négative, puis pinça les lèvres en faisant glisser une main le long de sa bouche. Un bref instant s'écoula avant qu'un soupir de contentement s'échappe de ma bouche. Cette fois j'avais compris : cette fille était muette ! Oui, c'était ça, elle était muette ! Paralysé de stupeur, je l'observai d'un air idiot. Elle avait, quant à elle, retrouvé une certaine assurance. D'un geste prompt, elle me reprit le mouchoir des mains et, après « muda » rajouta « y española ». Je me frottai le crâne dubitatif : alors elle était donc muette et espagnole !!! Je n'en revenais pas. Je me retrouvais, au petit matin, dans ma voiture avec une étrangère incapable de sortir le moindre son de sa bouche et qui venait de se faire agresser pour je ne sais quel motif par un cinglé peut-être à notre poursuite. Même dans le plus loufoque de mes romans je n'avais été capable d'imaginer telle situation !

Je compris rapidement qu'elle ne parlait pas un mot de français. Impossible de la questionner non plus dans sa langue maternelle dont mes connaissances se limitaient à une dizaine de mots tout au plus. Pas davantage de succès avec l'anglais ou l'allemand. Le choc avait-il altéré ses facultés mentales ? Ne me restait plus qu'à la confier à la police. Mais c'était sans compter sur sa réaction. Elle se hérissa d'emblée en entendant prononcer le mot de police. Elle nota cette fois-ci en gros caractères : « NO POLICIA ». « PAS DE POLICE ! » Mais alors quoi ? l'interrogeai-je du regard. D'une main habile, elle dessina alors une maison sous laquelle elle inscrivit « casa ». Mon visage se crispa. Elle voulait que je la ramène chez elle ??? Mais où ? Et si l'autre barjot s'y trouvait ? Je n'allais pas prendre le risque de me faire démonter le portrait ou de mettre de nouveau ma protégée en danger. Mais dans quel pétrin venais-je de me fourrer ?

A mon tour, je traçai sur le mouchoir une carte de la France et une de l'Espagne afin qu'elle m'indique l'endroit où elle vivait. Pour toute réponse, elle entoura la maison précédemment dessinée et pointa son doigt vers moi avec un petit air pincé. Je demeurai un instant interdit. C'était donc ça ! Elle voulait que je l'emmène chez moi ! Oh non, pitié, pas ça !!! Je n'allais pas m'embarrasser d'une intruse, moi qui n'aspirais qu'à la tranquillité et à la solitude requises à tout écrivain digne de ce nom ! D'accord elle était muette, mais quand même !

J'étais sur le cul. Je restai encore un long moment perplexe, la tête baissée, puis je finis par lever les yeux vers elle et prononcer le mot : « casa », lui signifiant ainsi mon approbation. Un sourire éclatant s'afficha sur son visage ; je tâchai de faire bonne figure malgré mon embarras. N'entrevoyant pas d'autre solution, je m'étais résigné à accepter sa demande. Une fois dans la villa, il serait temps d'aviser. Au moins, pour l'instant, échappais-je au commissariat de police et donc à l'éventualité d'être repéré. Je redémarrai la voiture. Ne restait plus qu'une vingtaine de kilomètres avant d'atteindre l'île. Les effets de la fatigue du trajet accentués par le choc provoqué par cette rencontre pour le moins éprouvante commençaient à avoir raison de moi. Je rêvais maintenant d'une bonne douche pour me requinquer.

Ma passagère, enfin apaisée et sans doute épuisée, ne tarda pas à s'endormir. J'en profitai pour l'observer sous toutes les coutures. Un beau brin de fille, à la peau dorée comme un brugnon et aux traits plus délicats qu'une poupée de porcelaine. Quelques mèches de ses cheveux auburn s'étaient échappées de son catogan fleuri, lui conférant un air alangui des plus charmants malgré la trace de coup sur son visage. On l'aurait crue tout droit sortie d'un tableau de Watteau. Rien à voir avec les petites nanas peu farouches et refaites de la tête aux pieds que j'accrochais habituellement à mon tableau de chasse. Là, c'était du cent pour cent naturel ! Une beauté flamboyante comme j'avais rarement eu l'occasion d'en rencontrer, en dépit de toutes les femmes qui avaient défilé dans ma vie. Recroquevillée sur elle-même, la belle endormie enserrait dans sa main gauche une de ses graciles chevilles ornée d'un tatouage discret en forme de papillon. Je remarquai aussi que ses doigts élancés étaient dépourvus d'alliance et qu'elle n'avait qu'un seul pendentif à l'oreille ; sans doute avait-elle perdu le second dans sa course effrénée pour échapper à son agresseur.

Qu'avait-elle donc fait pour provoquer cet accès de fureur ? Cet homme était-il un homme trompé ? Un amant abandonné ? Un pervers en mal de sexe ? Pourquoi ces deux personnes se trouvaient-elles dans un endroit si retiré ? Autant de questions qui risquaient bien de rester sans réponse étant donné le handicap de la victime.

4

L'impressionnant pont d'Oléron était en vue. J'allais l'emprunter pour la première fois, car il n'avait été achevé qu'en 1966, alors que nos séjours en famille dans la villa n'étaient déjà plus qu'un souvenir.

Auparavant, la traversée se faisait en bac et, pour le petit garçon avide d'aventures que j'étais, l'expérience se révélait des plus excitantes. Cette micro-croisière me faisait l'effet d'un voyage extraordinaire : nous embarquions sur l'« Amiral Duperré » et je devenais capitaine au long cours l'espace d'une demi-heure. L'occasion de m'identifier aux héros des romans d'aventure que je dévorais. Mais je n'étais pas mécontent aujourd'hui d'accéder à l'île en quelques minutes seulement. Je venais d'avoir mon lot de sensations fortes et j'aspirais maintenant à une tranquillité bien méritée ! Et puis ce pont, il en jetait ! Un ruban de béton de plus de trois kilomètres, solidement ancré dans la mer sur ses quarante-cinq piles, d'après ce que j'avais pu lire sur un site Internet. Il me faisait l'effet d'un mille-pattes géant enjambant le grand bleu ou d'une ceinture cloutée marquant la limite entre la voûte céleste et la mer ; sans le pont, impossible de distinguer l'une de l'autre tant leur couleur azur se confondait.

Ma compagne dormait toujours. Je profitais donc seul des premiers paysages : l'appontement du petit port de Chapus, le Fort Louvois, le vert des forêts de Saint-Trojan. Encore quelques kilomètres à parcourir avant d'arriver à la villa, dans la commune du Château d'Oléron, dont je pouvais déjà apercevoir la majestueuse citadelle en forme d'étoile. « Sa construction a débuté sous le règne de Louis XIII et a été achevée par Vauban, l'architecte de Louis XIV, tu t'en souviendras ? » m'avait dit mon père lors de notre première visite. Je n'avais pas oublié, mais malheureusement il n'était plus là pour le constater.

A mon arrivée, je traversai le village à faible allure, écarquillant les yeux en reconnaissant la fontaine de style renaissance sur l'esplanade du marché et les petits commerces tout autour de la place de la République. Rien ne semblait avoir changé. Je résistai à la tentation de prendre la direction du port où j'aimais jadis me promener avec Papa. Mieux valait me faire discret et gagner tout de suite la villa. Quelques minutes plus tard, face à la maison, une nouvelle vague de nostalgie me submergea lorsque je réalisai que c'était ici que j'avais passé les plus belles années de ma vie.

Tout était conforme à mes souvenirs d'enfance : la peinture jaune canari des lattes de bois qui se répercutait sur les volets, la porte d'entrée percée d'un opercule en forme de hublot, le figuier qui masquait la fenêtre de la cuisine, les décors de briques autour des fenêtres et la boîte aux lettres en forme de voilier.

Le passé venait de me happer. Les ombres de mes souvenirs se croisaient devant mes yeux embués. Je me revoyais courir vers mon père ; il m'agrippait d'un geste sûr, me soulevait de terre pour ensuite me faire tournoyer jusqu'à l'ivresse. C'est alors que, sans crier gare, une autre image perfide et cruelle s'est juxtaposée sur la première : celle de ma mère, prenant ma main, la serrant à me faire mal et me dévoilant l'horrible nouvelle…

J'ai fermé les yeux et tout s'est brouillé dans ma tête. La musique qui s'échappait de l'autoradio me perforait les tympans. Une douleur aiguë me vrillait la poitrine, de grosses gouttes de sueur me labouraient le visage et je ne parvenais pas à réfréner le tremblement de mes membres. Mon corps m'échappait, se soustrayait à mon contrôle, m'entraînant dans un hallucinant vertige. J'étais victime d'une peur panique. Merde, qu'est-ce qui m'arrivait ??? Totalement déstabilisé, je songeai à rebrousser chemin, lorsque ma protégée s'éveilla, brisant net ce chavirement émotionnel et m'empêchant de laisser libre cours à mes larmes.

Elle m'adressa un air interrogateur que je traduisis par « Sommes-nous arrivés à destination ? » Incapable de prononcer un seul mot, je me contentai de hocher la tête pour acquiescer. La lumière du jour révélait la finesse de ses traits. Sa beauté ravageuse me déstabilisait davantage. Surtout ne pas montrer cet instant de faiblesse, continuer à jouer l'homme fort, celui qui vient d'arracher une princesse des mains d'un forcené. Ne pas révéler le petit garçon perdu, victime de son douloureux retour vers le passé. Je m'exfiltrai de la voiture à grand-peine. Au moment d'ouvrir le portail, je me sentis de nouveau gagné par l'émotion. Je pris une profonde inspiration, regardai droit devant moi et forçai le pas pour rejoindre le garage.

Elle pénétra la première dans la maison, je la suivis avec appréhension. Allais-je de nouveau me faire alpaguer par les fantômes du passé ? A peine à l'intérieur, un souffle venu du tréfonds de mon enfance me revigora en un clin d'œil. Un vrai miracle ! Mon malaise venait de se métamorphoser en douce quiétude, comme si les moments de bonheur éprouvés jadis en ces lieux, en présence d'une famille aimante et attentionnée, se répercutaient à nouveau sur tout mon être et agissaient comme un baume salvateur. J'étais maintenant tout simplement heureux d'être là, apaisé et serein, libéré d'un je ne sais quoi.

Dans chaque pièce, je m'empressai de repousser les persiennes pour redécouvrir avec un réel bonheur des objets familiers mêlés à d'autres plus récents : sur les étagères de la petite bibliothèque du salon quelques-uns des ouvrages pour la jeunesse que je ne me lassais pas de lire et de relire ; accroché au mur du corridor, un tableau de coquillages réalisé par mes petites mains d'enfant avec l'aide de ma tante et, dans la cuisine, posée sur la cheminée, une boîte à musique surmontée d'un titi parisien débonnaire.

Machinalement, je tournai le remontoir mécanique si souvent manipulé au cours de mes séjours dans la villa, pour entendre la musique de « La vie en rose ». Elle fonctionnait toujours, c'était incroyable ! Amusée, ma compagne contemplait elle aussi le petit bonhomme qui tournait sur son socle.

A cet instant, je me demandai de quelle manière on appréhendait la vie en étant muette et si ce handicap était de naissance. Mais comment traduire ma pensée ? La barrière de la langue ne facilitait pas les choses. Me lancer dans une explication gestuelle n'avait guère plus de chances d'aboutir étant donné que mes dons pour le mime s'avéraient limités. Je me résolus à renoncer provisoirement à toute tentative de communication.

Je disposai mes provisions dans les placards de la cuisine, ne conservant qu'un paquet de café à portée de main. J'allais nous faire un bon petit noir, rien de tel pour nous remettre d'aplomb ! Après, j'aurai tout le temps de réfléchir à la situation. Tandis que je m'affairais autour de la cafetière, je l'observai à la dérobée. Elle faisait montre d'un calme olympien. Plus aucune trace de peur sur son visage. Une fois sa tasse vide, elle mima le geste du fumeur pour me traduire son envie de cigarette. J'eus le réflexe de tâter la poche de mon pantalon puis, brutalement, je repensai à cette décision stupide prise quelques instants seulement avant de la rencontrer : arrêter de fumer. C'était pas de chance pour elle ! Mon cerveau, quant à lui, ne semblait pas encore avoir tout à fait enregistré mon engagement ; pas si évident de laisser tomber une vieille amie de trente ans !

Je pris un air désolé auquel elle répondit par une petite moue de déception. C'est alors qu'elle se leva promptement, s'empara de mon portefeuille et me fit comprendre par gestes ce qu'elle attendait : de l'argent pour pouvoir s'acheter des cigarettes. D'aucuns auraient pu trouver la demande pour le moins sans-gêne, mais pas un fumeur comme moi... enfin, je devrais désormais dire ex-fumeur. Compréhensif, je lui tendis donc sans hésitation un billet de dix euros qu'elle glissa furtivement dans son soutien-gorge. Puis, elle me fixa de nouveau de ses grands yeux noisette et poursuivit de plus belle ses mimiques. Que voulait-elle donc me dire d'autre ? Elle me désignait maintenant sa robe et ses jolis pieds nus.... ???... Ça y est, j'avais pigé ! Elle voulait plus... pour effectuer d'autres achats : des vêtements et des chaussures. Requête bien légitime étant donné qu'elle portait un vêtement déchiré sous mon sweat et qu'elle était de surcroît nu-pieds ! J'extirpai deux billets de cinquante euros et les lui remis. Cette fois, elle parut satisfaite, tourna les talons et se dirigea vers le garage. Elle enfourcha l'un des vélos.

Tout à trac, quelque chose me traversa l'esprit. Je lui fis signe d'attendre. Dans une des chambres, j'avais repéré une paire de tongs, sans doute oubliée par les derniers locataires. Par chance, la pointure correspondait. Elle les enfila et partit sans demander son reste.

Je n'étais pas mécontent de me retrouver un peu seul. Je demeurai encore un long moment oisif, savourant ce retour dans le passé puis, après une douche des plus appréciées, j'installai mon ordinateur portable sur la table du salon et, une nouvelle tasse de café à la main, me mis au travail. Sans hésiter, j'entamai mon futur roman par la phrase suivante : *Tanguy roulait à faible allure lorsqu'il la vit se précipiter sur son véhicule, il réussit à freiner juste à temps pour l'éviter...*

La suite s'enchaîna tout naturellement. Je n'avais aucun mal à trouver les mots ; les lettres couraient sur l'écran tel un bataillon de soldats montant à l'assaut de l'ennemi. En quelques minutes, j'affichais déjà une page complète, entièrement dédiée à la description d'une superbe créature en fuite qui n'était autre que ma protégée ! J'étais ravi, cette rencontre inopinée avec ma belle inconnue se révélait une aubaine pour mon inspiration. Je la tenais mon histoire et je n'allais plus la lâcher ! Je sentais à nouveau vibrer en moi cette fièvre de l'écriture. Plus rien d'autre ne comptait que cette alchimie des phrases et des idées, cette symbiose avec mes personnages, cette volonté farouche d'aller au bout d'une nouvelle aventure littéraire.

Plus de deux heures s'écoulèrent avant le retour de l'Espagnole. Je n'avais pas levé le nez de l'ordinateur. Elle me montra ses achats : trois petits hauts que les femmes nomment « tops » je crois, deux minijupes style paréo, une paire de baskets en toile et un bikini des plus sexy. Elle monta ensuite se changer puis regagna la cuisine où je la rejoignis quelques instants plus tard.

Plus ravissante que jamais dans sa nouvelle tenue, elle coupait du melon en tranches avec application. Ainsi n'avait-elle pas uniquement songé à sa garde-robe lors de sa virée dans le bourg. Craignait-elle donc de ne rien avoir à se mettre sous la dent ? Une femme qui aimait manger, voilà qui n'était pas pour me déplaire, moi qui avais si souvent eu affaire à des torturées du régime ! La table était dressée et des pâtes cuisaient à gros bouillons dans une casserole. Mon estomac commençait à crier famine et je ne pouvais donc que me réjouir de cette initiative.

Ma cuisinière inattendue me fit signe de m'asseoir et nous dégustâmes le melon charentais, sucré et croquant à souhait, puis les pâtes al dente.

A la fin du repas, je tambourinai sur mon ventre pour lui signifier ma satisfaction et elle ne demeura pas indifférente à mes pitreries. A la bonne heure ! La belle commençait vraiment à m'intéresser.

Je réalisai soudain que je ne connaissais même pas son prénom. Lacune vite comblée, après quelques interrogations gestuelles. « Esperanza » : voilà ce qu'elle avait noté sur une feuille de papier. « C'est joli » songeai-je, heureux d'avoir obtenu le renseignement attendu, mais je n'avais pas l'intention d'en rester là.

Je m'emparai à mon tour du crayon, puis dessinai un bonhomme au visage furibond et armé d'un couteau que je surmontai d'un point d'interrogation. Sa mine s'attrista subitement, elle ne chercha pourtant point à éluder la question. Elle traça un énorme cœur suivi d'une ribambelle d'autres devenant de plus en plus petits jusqu'à un dernier, brisé en deux morceaux. L'explication picturale me paraissait claire : un grand amour qui, peu à peu, avait perdu son éclat jusqu'à ne plus exister, somme toute une histoire banale. La suite ? Plus qu'évidente ! L'homme au couteau, encore fou amoureux, refusait la rupture et avait perdu le contrôle de lui-même Si je ne m'étais pas trouvé dans les parages, sa fureur aurait sans doute fait la une des faits divers tragiques.

Esperanza m'offrit une cigarette avant de se lever. Je l'acceptai sans le moindre remords. Eh oui, que voulez-vous, l'homme est faible ! Elle s'éclipsa ensuite dans le jardin, ne souhaitant pas, semblait-il, en dévoiler davantage sur sa vie.

A contrecœur, je m'attelai à la vaisselle, ce genre d'activité n'ayant jamais été mon fort. La plupart du temps, Maman s'en chargeait pour moi. Mais ma compagne, d'une autre génération, considérait sans doute l'asservissement des femmes aux tâches ménagères comme révolu.

De la fenêtre, je pouvais apercevoir son corps de déesse uniquement revêtu du bikini turquoise qu'elle avait brandi tout à l'heure sous mes yeux. Elle fumait, étendue sur la chaise longue, offerte aux caresses du soleil. Un véritable appel au viol ! Impossible en tout cas de rester insensible face à une telle beauté, d'autant plus que j'étais chaste depuis un an, la dépression vous dépouillant de tout, y compris du moindre désir sexuel. Le réveil de ma libido confirmait ma totale guérison. Excellente nouvelle !

Je m'acquittai de ma tâche en sifflotant. La cuisine reluisait comme un sou neuf et j'étais désormais partagé entre l'envie d'aller m'installer à côté de mon attirante compagne et le besoin d'écriture qui me taraudait. Après moult réflexions, j'optai pour la solution la plus sage. Si j'étais là, c'était pour me remettre à écrire et non pour batifoler avec une totale inconnue, sans doute encore recherchée par son amant fou de rage. Pourtant, à tout bien réfléchir, avoir une femme muette qui, de surcroît, ne parle pas la même langue que vous, ne serait-ce pas là la solution idéale pour les hommes tels que moi, qui fuient les reproches, les scènes de ménage et les questions tordues si propres à la gent féminine ? Et si le destin l'avait mise sur ma route dans ce but ?

Je regagnai mon poste de travail les sens encore tourneboulés, mais déterminé à exploiter ces impressions exquises au travers de mes phrases. Objectif réussi : deux heures plus tard, mes trois premiers chapitres étaient bouclés. J'avais mon histoire bien en main et des idées en pagaille. Après avoir sauvegardé mon travail, je me levai d'un air satisfait. Il était temps de m'octroyer une pause et d'aller voir ce que devenait Esperanza.

La chaise longue était vide et pas de trace de la jeune femme dans la maison. Je me dirigeai alors vers le garage où je constatai la disparition d'un vélo. Elle avait dû l'emprunter pour repartir en balade. Un peu déçu de ne pas en avoir été averti, je songeai un instant à m'emparer de la deuxième bicyclette et à filer la retrouver. Idée que je m'ôtai rapidement de la tête, car je devais demeurer raisonnable en évitant le plus possible de sortir pour ne pas être reconnu. Je me contentai donc de faire le tour du jardin, histoire de me dégourdir un peu les jambes.

Sur le tronc du figuier, je reconnus les lettres entrelacées sculptées au couteau, traces de mes premiers émois amoureux pour une petite voisine de l'époque, une certaine Josette que je couvrais de timides baisers sur les joues. Quelques minutes plus tard, j'étais de nouveau plongé dans mon roman et je restai vissé à ma chaise jusqu'au retour de la belle, aux environs de dix-huit heures.

Elle se désaltéra d'un grand verre d'eau fraîche, puis réintégra sa chaise longue, un paquet de prospectus entre les mains. J'en profitai pour m'installer à ses côtés et, aussitôt, j'entrepris de l'interroger sur sa sortie. Armé de mon crayon, j'ébauchai quelques traits censés la représenter assise sur un vélo, suivis d'une flèche et d'un point d'interrogation. Son regard avait suivi attentivement l'évolution de mon tracé et, en guise de réponse, elle me montra une photo du centre de la commune, du port et de la citadelle sur le guide magazine annuel de l'île.

Esperanza avait tout simplement consacré son temps à la visite de ces lieux, comme n'importe quel touriste en vacances dans l'île d'Oléron. Elle avait l'air si détendu qu'on aurait vraiment pu l'assimiler à une estivante, heureuse de profiter de son temps libre. Oublié l'amant furibond, la page, pour elle était sans doute déjà tournée ! En ce qui me concernait, une chose me tracassait, combien de temps comptait-elle rester ? Etait-elle le genre de femme à s'incruster et à profiter de la naïveté des hommes ? Je jugeai plus correct de ne pas chercher à savoir pour l'instant. Qui sait si cet air serein ne cachait pas le besoin de dissimuler le traumatisme de la rupture avec son amant ? La maison disposait de deux chambres et je pouvais bien l'héberger une ou deux nuits. Après tout, je lui devais bien ça. Sans le savoir, elle m'avait permis de démarrer mon roman sur les chapeaux de roue ! De plus elle ignorait totalement ma notoriété, ce qui arrangeait bien mes affaires. D'ailleurs, en parlant d'affaires, il était temps de mettre en route la télévision pour suivre l'émission de Putier et me délecter de son embarras, face à mon absence inexpliquée !

5

Pas la moindre trace d'inquiétude sur le visage de l'animateur ! Je reconnaissais bien là le grand professionnel ! Mais sans doute croyait-il mon arrivée imminente. Accoutumé à mes retards, il ne jugeait pas nécessaire de s'alarmer. Tant mieux ! Sa déception n'en serait que plus grande et ma satisfaction jubilatoire !

Pendant cinq minutes je le regardai gesticuler dans tous les sens, comme à son habitude, puis soudain je remarquai, dans un coin de l'écran, un petit logo noir et jaune avec l'inscription « On aura tout vu, tout entendu », les meilleurs moments. Je réalisai avec stupéfaction que la chaîne rediffusait des extraits des émissions de l'année. Mais alors ??? Et mon passage programmé ce jour-là ??? Qu'est-ce que cela signifiait ? Bon sang, je n'avais pas pu me tromper de date !? L'émission avait-elle été annulée faute d'invité ? Manifestement, rien n'avait l'air de se passer comme je le souhaitais !

Passablement agacé, je zappai de chaîne en chaîne jusqu'au journal de vingt heures. Des bruits de vaisselle provenant de la cuisine se mêlaient à la voix du présentateur me signifiant qu'Esperanza devait encore une fois avoir entrepris de préparer le repas. Décidément, cette petite me plaisait de plus en plus… Un instant, je m'imaginai en couple avec elle. Cette hypothétique situation ne serait peut-être finalement pas pour me déplaire. La vie à deux avait sûrement du bon ! Le bonheur se trouvait-il à portée de main ? Je ne tardai pas à redescendre sur terre à l'annonce d'une nouvelle des plus inattendues. Et quelle nouvelle ! Je n'en croyais pas mes oreilles. Roland Putier n'était plus de ce monde ! Le journaliste venait d'en aviser les téléspectateurs en ces termes :

L'animateur Roland Putier a été retrouvé ce matin poignardé dans son appartement parisien. Une enquête est en cours et nous ne sommes pas en mesure de vous en dire plus pour le moment.

Voilà donc qui expliquait la retransmission de ce soir. Sonné par cet imprévisible rebondissement, je suivais maintenant avec un regain d'intérêt les images qui défilaient sur l'écran : celles, appartenant désormais au passé, de l'animateur souriant et pétillant de malice. S'ensuivirent des interviews de ses confrères et de ses proches. Et dire que six jours plus tôt, il annonçait ma mort ! Hier débordant de vitalité et, aujourd'hui, rien qu'un cadavre allongé dans un tiroir de la morgue ! Je me sentais maintenant complètement idiot avec ma ridicule petite histoire de vengeance ! Il était certain tout du moins que quelqu'un d'autre en avait après lui et pour une raison sûrement bien plus grave que la mienne. Mais qui donc pouvait bien lui en vouloir au point de l'assassiner ?

Ce subit revirement de situation me laissait un goût amer, l'impression dérangeante de ne plus être en mesure de contrôler ma vie, comme si le destin s'en chargeait pour moi.

Une odeur fort agréable, senteurs de thym et de laurier, dissipa rapidement mon malaise. Ce matin, Esperanza, en plus des melons, avait eu l'excellente idée de rapporter des moules, mollusques dont je raffolais, d'autant plus lorsqu'il s'agissait de moules de bouchot à la saveur exquise et prononcée !

La mort de Putier, aussi choquante soit-elle, ne me coupa pas la faim, bien au contraire, et je ne parvins même pas à me reprocher cet appétit d'ogre. Je n'éprouvai pas non plus la moindre tristesse. Après tout, nous n'entretenions que des rapports professionnels ; certes, nous avions forniqué une fois ensemble, à la suite d'une soirée particulièrement arrosée où je n'étais plus vraiment moi-même. Aventure sans lendemain que je qualifierais de banale. Ni plus ni moins qu'une conquête d'un soir, pas de quoi éveiller des sentiments amoureux !

Je me demandais combien de personnes allaient réellement le pleurer ? Elles devaient, d'après moi, se compter sur les doigts d'une main. Si pour ma part, côté affectif, la mort de Putier me laissait de marbre, il n'en était sûrement pas de même pour Maman, étant donné l'intérêt qu'elle portait à l'animateur. Demain, je tâcherai de me rendre en ville pour lui téléphoner et lui remonter le moral. Plutôt que de lui envoyer un mél, je pouvais bien faire l'effort de l'appeler. Bien évidemment, il était hors de question de lui révéler ma rencontre avec l'Espagnole et encore moins notre cohabitation, elle en prendrait tout de suite ombrage.

Même si plus rien maintenant ne me retenait ici, je ne ressentais pas du tout le besoin de regagner mon appartement parisien. Dans ce havre de paix, je pouvais entièrement me consacrer à l'écriture et poursuivre tranquillement mes investigations concernant ma mystérieuse inconnue, dernière tâche que je m'empressai de réitérer après le dîner.

De nouveau muni d'un papier et d'un crayon, je traçai très grossièrement deux cartes, celle de la France et celle de l'Espagne, comme précédemment dans la voiture. Je désignai du doigt la première, tout en pointant mon autre index vers

Esperanza. Elle désapprouva d'un hochement de tête puis montra l'autre carte et plus précisément le nord est, sur la côte. Barcelone ? Elle acquiesça, c'était donc bien la capitale de la Catalogne qu'elle habitait.

Je ne m'arrêtai pas en si bon chemin. Je dessinai à la hâte une petite bonne femme entourée d'enfants pour savoir si elle était mère de famille. Cette fois elle agita l'index en signe de négation. Puis, alors que je ne m'y attendais pas, elle me retourna la question. Avoir des enfants, très peu pour moi ! Je ne l'avais jamais envisagé et la moue qui s'afficha sur mon visage lui signifia clairement la chose !

Elle s'empara ensuite à son tour du crayon. Qu'avait-elle l'intention de m'expliquer ou de savoir à mon sujet ? Des bougies sur un gâteau d'anniversaire... Mon âge... elle voulait connaître mon âge. Tiens donc ! Je souris bêtement avant de noter 50, n'hésitant pas à me rajeunir de cinq ans sans vergogne aucune ! Lorsque je tentai de connaître le sien, elle minauda, puis finit par déchirer la feuille. Ensuite elle se leva et jeta les morceaux dans la poubelle. Visiblement, je n'en apprendrai pas plus sur son compte aujourd'hui ! Tout le monde sait que les femmes n'apprécient pas vraiment qu'on les interroge sur leur âge, mais puisqu'elle avait abordé le sujet j'avais tenté le coup, faute de tact qu'il me fallait illico essayer de réparer sous peine de passer pour un mufle. Mais de quelle manière ? C'est alors que j'eus l'idée d'ouvrir un des tiroirs du buffet. Pourvu que... Avec un peu de chance, il s'y trouverait encore...

Bingo ! Le jeu de cartes de mon enfance, dont les bords élimés en disaient long sur la fréquence de son utilisation, était bien là ! D'un signe de la main, j'invitai ma compagne à se rasseoir et nous entamâmes une partie de Rami qui se prolongea tard dans la nuit. Malgré son handicap, elle n'avait pas tardé à comprendre les règles et se révéla même une adversaire redoutable. Privée de parole, elle compensait par un débordement gestuel au cours duquel elle laissait exploser sa rage de perdre ou de gagner. Sans doute ce comportement correspondait-il aussi au fameux tempérament latin ! Après une dernière partie des plus acharnées, nous nous retirâmes chacun dans notre chambre. Ne restait plus qu'à faire le lit et à se coucher.

Le lendemain, à huit heures, j'étais déjà derrière mon clavier avec la ferme intention de fournir le même rendement que la veille, voire davantage. L'inspiration, je le savais bien, peut se révéler aussi capricieuse qu'une femme. Tout comme le sexe opposé, elle risque de vous abandonner d'un moment à l'autre sans que vous ne sachiez vraiment pourquoi ! Alors il faut profiter d'elle tant qu'elle vous manifeste son empressement !!! Je m'enfonçai de nouveau dans mon histoire sans la moindre difficulté. Mon personnage principal devenait plus coloré, plus déterminé, plus sûr de lui, comme mon adversaire au jeu hier soir.

Sur le coup des dix heures, le joli minois d'Esperanza surgit dans l'encadrement de la porte.

Un petit signe de la main et elle était déjà repartie en direction de la cuisine. J'en profitai pour glisser dans mes écrits un détail supplémentaire sur mon héroïne, directement inspiré par cette brève incursion. Quelques instants plus tard, une furieuse envie d'un bon bol d'air marin se manifesta sans crier gare. Après tout pourquoi pas ? Après deux heures de travail intensif, j'avais bien mérité une petite balade en bord de mer ! Même si je voulais toujours éviter d'être reconnu pour préserver ma tranquillité, l'enjeu de ma présence incognito n'était plus aussi essentiel qu'à mon arrivée. Putier décédé, personne ne chercherait à me joindre pour comprendre les raisons de mon absence à l'émission puisque cette dernière n'avait pas eu lieu.

Décision fut donc prise de me rendre au bout de l'île avec l'Espagnole. Après quelques nouvelles explications à la fois gestuelles et écrites, elle accepta ma proposition avec enthousiasme.

Pour me garantir un relatif anonymat, je pris soin de me coiffer d'une casquette et de chausser mes lunettes de soleil.

Nous empruntâmes la route des huîtres, longeâmes la côte jusqu'à Boyardville, puis pénétrâmes dans les terres. Nous traversâmes plusieurs hameaux puis, tour à tour, les communes de Saint-Georges d'Oléron, La-Brée-les-Bains, Saint-Denis d'Oléron jusqu'à parvenir au phare de Chassiron, notre destination finale. Le géant zébré de 46 mètres, juché sur une falaise rocheuse, était toujours aussi impressionnant, même pour des yeux d'adultes. Quel dommage de ne pouvoir fournir d'explications le concernant à Esperanza. J'aurais aimé lui dire que ses rayures avaient été rajoutées en 1926 pour permettre aux marins de le différencier du phare des Baleines de l'île de Ré, que ses huit faisceaux lumineux sont visibles jusqu'à 52 kilomètres par temps clair, grâce à sa lanterne située à 43 mètres au dessus du sol et que les bois de sa charpente sont composés de chêne de Hollande et de sapin rouge de Prusse et de Finlande. Informations divulguées sur une série de panneaux alignés, malheureusement dépourvus de traduction en espagnol.

Nous entreprîmes vaillamment la montée des 224 marches de l'escalier en colimaçon. Le jeu en valait la chandelle. Du balcon circulaire, on découvrait un panorama exceptionnel sur les îles d'Aix, Ré, Madame, Fort Boyard, les côtes de la Rochelle et de Rochefort. A quelques centaines de mètres, on apercevait très bien aussi la tour d'Antioche, balise qui signale les rochers pour limiter les naufrages. Le vent nous cinglait le visage, mais du haut de notre perchoir, rien d'autre ne comptait que l'ivresse de la beauté des lieux. L'espace d'un instant, j'étais redevenu le maître du monde, à l'instar du petit garçon rêveur de mes douze ans.

Une fois redescendus, nous avons longé la falaise à pied puis tranquillement regagné notre véhicule. L'air du large m'avait creusé l'appétit et je décrétai de faire une halte au marché de Saint-Pierre, endroit très prisé de ma mère et de ma tante au temps de nos séjours dans l'île.

A notre arrivée dans la « capitale », un léger frisson me parcourut le corps à la vue de la « Lanterne des morts », le plus grand fanal funéraire connu. Ce monument du XIIème siècle, censé servir de guide aux défunts, m'épouvantait tellement du temps de mon enfance que je fermais les yeux quand je passais devant, mon imagination fertile m'ayant persuadé que les fantômes des morts s'y étaient installés ! Dans le bourg, l'animation était toujours la même : Saint-Pierrois et touristes déambulaient allègrement dans les ruelles. Insouciance estivale sous un ciel sans faille.

Dès notre entrée dans le marché couvert, tous mes sens étaient en éveil. Les fruits débordaient des étals et donnaient envie de les toucher, de les humer et de les croquer à pleine bouche, mais le plus spectaculaire, c'était encore tous ces poissons, ces coquillages et ces crustacés qui me ravissaient les papilles à l'avance.

Le même regard de gourmandise que le mien animait le ravissant visage d'Esperanza. Pas de doute, elle était aussi friande que moi de ce type d'aliments !

Nous repartîmes les bras chargés de sachets contenant huîtres, tourteaux, coques, palourdes, bulots, bigorneaux et crevettes. Une petite halte au stand du boulanger pour terminer et nous avions maintenant de quoi nous régaler. Un vrai festin de roi ! J'avais hâte d'être de retour à la villa pour me repaître de toutes ces victuailles ; mais auparavant, il me restait une chose à faire : téléphoner à ma mère.

J'avoue qu'il me tardait de savoir comment elle vivait notre séparation, néanmoins, d'un autre côté, j'appréhendais d'entendre ses inévitables lamentations sur la mort de Roland Putier.

Je gagnai rapidement le café le plus proche tandis qu'Esperanza restait seule dans la voiture. Maman décrocha à la première sonnerie et, avant même que j'aie pu placer un seul mot, elle demanda d'un ton fébrile :

- C'est toi Coco ?

- Oui c'est moi ! m'empressai-je de répondre.

- Tu vas bien ? s'enquit-elle d'un air affolé.

- Oui, je vais bien, et toi ? m'informai-je à mon tour quelque peu inquiet.

Elle semblait ne pas avoir entendu ma question.

- Où es-tu ? poursuivit-elle.

- Mais où veux-tu que je sois ? Au Château d'Oléron, comme prévu !

- Depuis combien de temps t'y trouves-tu ?

- Depuis hier matin, tu le sais bien !

- Et... tu n'as pas bougé de l'île depuis ?

Je me grattai la tête, dubitatif. Mais où voulait-elle en venir à la fin ? Cet interrogatoire commençait sérieusement à me taper sur les nerfs, je n'étais plus un enfant tout de même !

- Mais non, je n'ai pas bougé d'ici depuis mon arrivée ! répondis-je passablement agacé. Et peux-tu me dire ce que signifient toutes ces questions ?

- Eh bien... Roland Putier, tu sais... l'animateur, fit-elle avec précaution.

- Oui, il est mort, je suis au courant, répondis-je d'un air compatissant.

- Mais ce n'est pas tout, précisa-t-elle, d'une voix qui trahissait un profond désarroi.

- Quoi ce n'est pas tout ? interrogeai-je d'un ton appelant une réponse immédiate.

Alors Maman se résolut enfin à me révéler le motif de son stress manifeste :

- Des policiers sont venus ce matin chez moi, ils ont réclamé la clé de ton appartement, l'ont fouillé puis ils m'ont interrogée. Ils te soupçonnent d'être le meurtrier de Roland Putier !

- Quoi ??? m'écriai-je, abasourdi.

Le bistrotier se détourna pour m'adresser un regard peu amène. Je baissai les yeux, embarrassé.

- Ils te soupçonnent d'être le meurtrier de Roland Putier, répéta-t-elle, la gorge nouée.

J'encaissai le coup avant de bredouiller à voix basse :

- Mais c'est quoi c'tembrouille ? Que t'ont-ils demandé au juste ces policiers ?

- Ils voulaient savoir où tu te trouvais.

- Et que leur as-tu répondu ?

- Rassure-toi, je n'ai pas lâché le morceau ! J'ai répliqué que tu n'avais pas pour habitude de me révéler tes faits et gestes, précisa-t-elle.

Tout à coup les mots me manquaient.

- Coco ?

- Oui Maman, répondis-je, anéanti.

- J'ai peur Coco, tu risques d'aller en prison !

« Prison » : le mot me transperça le cerveau. En dépit de mon accablement, je parvins à formuler quelques phrases destinées à tranquilliser ma pauvre mère :

- Mais non, Maman, arrête je t'en prie, il s'agit d'une

énorme méprise. Ecoute, ne t'en fais pas, je vais régler cette histoire au plus vite. Allez, je t'embrasse et je te rappelle bientôt. Prends bien soin de toi.

- Toi aussi mon chéri, conclut-elle d'une voix chevrotante.

Je raccrochai dans un état second. Moi, accusé du meurtre de Putier, c'était la meilleure !

6

Je m'efforçai de faire bonne figure en retrouvant Esperanza mais je crois bien qu'elle n'était pas dupe. Difficile de ne rien laisser paraître et de conserver son entrain après ce que je venais d'entendre.

En arrivant à la villa, je débarrassai les courses à la hâte et me précipitai devant le téléviseur pour écouter le journal de 13 H.

J'étouffai un cri. Bon sang de bonsoir !!! C'était donc vrai ! J'étais bel et bien soupçonné d'être l'assassin de Putier et le présentateur venait même d'annoncer que j'étais activement recherché ! Une photo de moi - pas des plus flatteuses d'ailleurs, car elle correspondait à un cliché volé durant ma période dépressive - venait d'apparaître sur l'écran. Vêtu d'un vieux survêtement à la propreté douteuse, le teint jaune et l'œil vitreux, je tenais plus du SDF que de l'écrivain à succès. L'enquêteur interviewé évoqua ensuite les éléments qui avaient orienté les soupçons : la lettre que j'avais adressée à Putier, un briquet gravé à mes initiales retrouvé chez lui et l'éventualité d'une liaison antérieure. Ce briquet, un cadeau d'une ex-petite amie que je fréquentais à la même période, je l'avais sans doute oublié au domicile de l'animateur le soir de notre coucherie. Et puis, quel idiot d'avoir rappelé cette histoire de cul dans la foutue lettre adressée à Putier ! Une phrase lourde de conséquences. Tout concourait maintenant à faire de moi le coupable idéal ! Quant au mobile, il était tout trouvé : la vengeance. Mon état dépressif n'aurait pas supporté l'annonce de mon suicide, j'aurais alors pris la décision de tuer l'animateur vedette du moment. Je m'étais fourré moi-même dans un beau pétrin ! On pouvait dire que j'étais enlisé jusqu'au cou !

Mais je n'étais pas au bout de mes surprises, le caméraman filmait maintenant mon immeuble parisien, s'attardant sur la fenêtre de mon salon comme si cette dernière présentait un intérêt majeur dans l'enquête. On accosta ensuite une de mes voisines dans le hall, la si guindée madame Louveau qui, tout au long de l'interview, s'escrima à paraître à son avantage en arborant un sourire carnassier et qui prit un air de vierge effarouchée dès que l'on prononça mon nom. Un instant, je redoutai de voir Maman apparaître sur l'écran. Fort heureusement, rien de tel n'arriva. Le présentateur enchaîna le reportage en demandant à toute personne pouvant fournir des renseignements à mon sujet de téléphoner immédiatement au numéro qui s'affichait en bas de l'écran. Puis il s'adressa une dernière fois à l'enquêteur pour lui poser la question suivante : « Pensez-vous que Jacques Mervan ait pu se donner la mort après son crime ? » Lequel répondit d'un air très professionnel : « Oui, nous le craignons fortement ».

J'éclatai d'un rire nerveux, deux suicides en à peine une semaine, qui pouvait dire mieux ?

J'éteignis le poste d'un geste rageur. Maudite lucarne qui n'était bonne qu'à me transmettre de mauvaises nouvelles ! C'est l'esprit bien tourmenté que je me résolus à rejoindre ma compagne.

Les fruits de mer, pourtant savamment présentés dans

un plat, n'avaient plus le même attrait qu'au marché. L'estomac noué, je m'efforçai malgré tout d'y faire honneur. Face à moi, Esperanza dévorait littéralement, ignorant la tempête qui venait de s'abattre sous mon crâne.

L'image de Putier ne me quittait plus. Subitement, je crus même déceler son regard de fouine dans les yeux du crabe dont je venais de m'emparer. Je reposai brutalement le crustacé dans le plat, provoquant l'incompréhension de mon hôte. Pour donner réponse à ses interrogations, j'entrepris de simuler un mal de ventre. Une main sur l'abdomen, quelques grimaces bien appuyées et le tour était joué ; mon coup de bluff m'autorisait maintenant à m'éclipser aux toilettes où j'espérais reprendre du poil de la bête.

Remettre mes idées en place pour prendre les bonnes décisions, ou tout au moins retrouver un semblant de calme, il fallait absolument que j'y parvienne sous peine de faire une crise cardiaque dans les secondes qui arrivaient ! Je m'aspergeai le visage d'eau froide, puis je m'assis quelques instants sur le siège des WC, la tête entre les mains et le regard fixé vers le sol.

Lorsque je regagnai la cuisine, guère plus vaillant, Esperanza m'adressa un sourire compatissant. Sans doute pour ménager ma santé qu'elle croyait défaillante, elle avait entrepris de faire la vaisselle. Sa tâche accomplie, elle extirpa le jeu de cartes du tiroir du buffet et le brandit sous mon nez d'un air mutin. Malheureusement pour elle, je n'avais vraiment pas le cœur à jouer. D'un geste significatif, j'invoquai de nouveau mon mal de ventre. Déçue par ma réaction, elle me foudroya du regard avant de tourner les talons pour s'exiler dans le jardin où elle retrouva sa place sur la chaise longue.

De mon côté, j'étais anéanti, je ne savais plus où j'en étais. La panique recommençait à me gagner et un affreux mal de crâne me laminait toujours le cerveau. Que devais-je faire ? Me rendre à la gendarmerie pour me livrer et expliquer le scénario que je m'étais fixé avant de partir pour l'île ? Mais allait-on croire mes explications pour le moins rocambolesques ? Bien sûr, Esperanza aurait pu témoigner que le jour du meurtre, j'étais à ses côtés. Mais tiendrait-on compte des dires d'une étrangère muette ? Croirait-on que je l'avais embarquée en pleine nuit sur une route déserte pour la sauver de la fureur d'un amant abandonné ? Sûrement pas ! Elle n'avait pas porté plainte, alors on en déduirait tout simplement qu'elle me servait d'alibi. Et je serais jeté en prison pour le restant de mes jours ! Je ne pouvais plus compter non plus sur le témoignage de ma mère, puisqu'elle avait dit aux policiers ne pas savoir où je me trouvais. Revenir sur ses propos paraîtrait louche. J'étais bel et bien coincé ! J'enrageais de ne même pas avoir eu la possibilité d'aller au bout de ma petite vengeance ! Non, je n'allais pas payer à la place de quelqu'un d'autre ! Des ennemis, le bougre de Putier ne devait pas en manquer ! Mais alors que faire pour me dépatouiller de cette situation plus qu'inconfortable ? L'idée de m'enfuir à l'étranger m'effleura l'esprit, lorsque je réalisai avec effroi que ce matin on avait déjà pu me reconnaître. Ma subite envie d'air marin risquait de me coûter cher ! Tout bien réfléchi, je décidai d'attendre encore avant d'envisager la possibilité de quitter le pays.

Pour me calmer, je ne trouvai rien de mieux que de me remettre à l'écriture. Je me replongeai à corps perdu dans mon histoire. Contre toute attente, ce nouveau rebondissement, au lieu de tarir mon inspiration, la décupla. Je tapai furieusement sur les touches de mon clavier plusieurs heures durant. Seul un épouvantable mal de dos eut raison de mon acharnement.

Je sortis dans le jardin pour me détendre et avec l'intention de réclamer une cigarette à Esperanza. En griller une me ferait le plus grand bien ! Mais l'oiseau s'était de nouveau envolé ! En voilà une qui avait la bougeotte ! songeai-je. Après tout, elle aurait eu tort de se priver. Rester à la villa ne présentait pas le moindre intérêt pour elle. Comment aurait-elle pu se distraire aux côtés d'un homme qui accusait au moins vingt ans de plus qu'elle et qui passait son temps derrière un écran d'ordinateur ?

Je m'approchai du siège vide, intrigué par quelque chose qui se détachait sur la toile rayée. Avec un peu de chance, peut-être son paquet de cigarettes ! Non, il s'agissait d'un téléphone portable. Tiens donc... je n'avais pas remarqué qu'elle en possédait un. Il se mit à sonner juste au moment où je m'en emparais. Un œil vers le garage pour vérifier l'absence du vélo et en déduire que ma compagne était bel et bien sortie et je me décidai à répondre. « Allô ? »... « Allô ? »... Mon interlocuteur avait déjà raccroché. Son ex-amant ?

Je reposai l'appareil à sa place tout en songeant que, pour une personne muette, son usage était restreint. Esperanza ne pouvait qu'écouter ses interlocuteurs, lire ou envoyer des SMS. C'est alors que je me ravisai. J'empoignai de nouveau le portable car l'idée m'était venue de m'en servir pour rappeler Maman. Autant profiter de l'aubaine. Je composai le numéro à la hâte avec un mauvais pressentiment sur le cœur.

- Maman ? C'est encore moi.

- Coco, oh, mon pauvre petit !

Mes craintes se confirmaient. Cette expression, associée à un ton larmoyant, n'annonçait vraiment rien de bon, ça puait les emmerdes à plein nez !

- Que se passe-t-il Maman ? Il y a du nouveau ?

m'empressai-je de demander.

- Les policiers sont revenus.

- Ah, répondis-je, d'une voix mal assurée.

- Ils... ils avaient une photo de toi prise dans l'île par un touriste, ils m'ont forcée à dévoiler ton adresse, ils vont venir t'arrêter ! Je n'aurais pas dû leur dire mais, tu comprends, ils ont tellement insisté, je suis désolée, je n'ai pas été à la hauteur, je...

- Ce n'est pas grave Maman, tu n'as rien à te reprocher, affirmai-je calmement pour ne pas l'alarmer davantage alors qu'un vent de panique me parcourait pourtant le corps. Mais dis-moi : quand sont-ils repartis ?

- Ça doit faire à peine dix minutes, m'informa-t-elle avec un soupçon d'apaisement dans la voix.

Je marquai un bref temps de réflexion avant de répondre d'une voix ferme :

- Très bien. Ne t'inquiète pas, je quitte « Mon rêve » sur-le-champ et je te rappelle dès que possible.

- Tu vas te livrer ? fit-elle d'une voix à peine audible.

Ma réponse fusa cette fois-ci :

- Non, je n'en ai aucunement l'intention.

- Mais pourquoi, puisque tu es innocent ?

- Parce que je doute qu'ils me croient ! Tous les indices sont contre moi. Je me retrouverais au trou en moins de deux !

- Mais où vas-tu aller ? poursuivit-elle sur un ton à nouveau inquiet.

- Je ne sais pas encore, je vais voir.

- Sois prudent je t'en supplie. Je me fais vraiment beaucoup de souci. Qu'est-ce que tu vas devenir ?

Elle réprima un sanglot.

- Tôt ou tard, la police démasquera le véritable coupable, Maman.

- Oui, tu as raison, fit-elle, en reprenant la maîtrise d'elle-même. Elle va se rendre compte que tu n'as rien à voir avec cette sordide histoire ! Ah, si seulement tu n'étais pas parti !

- Ma disparition inexpliquée fait en effet de moi le coupable tout trouvé.

- Tu ne m'as pas dit qui était cette femme sur la photo et ce qu'elle faisait à tes côtés ? continua Maman.

- Je ne peux pas t'expliquer maintenant, ce serait trop long, prétextai-je embarrassé. Tu comprends, il faut que je déguerpisse au plus vite. Je te donnerai des nouvelles dès que possible. Ne t'en fais pas, tout finira par s'arranger. Je t'embrasse, Maman. Au revoir.

Je raccrochai brutalement.

« Tout finira par s'arranger », j'avais prononcé les mots sans vraiment y croire, juste pour rassurer ma mère. Lui faire endurer cette épreuve à son âge, ça me fendait le cœur. Mais je n'avais pas le temps de m'apitoyer davantage. Pas question de perdre une seule seconde.

Je fourrai le téléphone portable dans ma poche puis réintégrai la maison comme une flèche.

Une fois mes affaires jetées dans un sac, je me ruai dans la chambre d'Esperanza et y ajoutai le peu de vêtements qu'elle possédait. Je remballai mon ordinateur, m'affublai à nouveau des quelques artifices destinés à me rendre méconnaissable, puis je démarrai la voiture. Direction le centre ville. Il fallait que je retrouve ma protégée, je n'allais pas partir comme un voleur en la laissant seule. A vrai dire, je n'avais pas imaginé un seul instant m'enfuir sans elle. Qu'est-ce qui m'arrivait à vouloir m'embarrasser d'une nana dans ces circonstances ? A croire que je ne me pouvais plus me passer d'elle ! Mais, accepterait-elle de me suivre sans en connaître la raison ?

Je fis plusieurs fois le tour du centre ville sans succès. Pas de trace d'Esperanza. J'optai alors pour le port. Bien m'en prit car, alors que je désespérais de la retrouver, je reconnus sa silhouette élancée qui se détachait sur les remparts de la citadelle. Je me garai en toute hâte et me précipitai vers l'imposant bâtiment. Je coupai au plus court pour me diriger vers l'endroit où je l'avais aperçue, mais la belle paraissait s'être subitement volatilisée. Sans doute se trouvait-elle dans l'une des salles d'exposition de la citadelle.

Sur une porte, une affiche surmontée d'une flèche annonçait la présentation des œuvres de Mitau, peintre bordelais. Je m'engouffrai dans l'édifice. Dès l'entrée, le ton était donné. De grandes toiles sombres traversées par des éclairs de lumière recouvraient les murs de pierre. Incrustation de pigments et intégration d'objets divers, illusion du métal : du contemporain à l'état pur. Mais je n'avais malheureusement pas le temps de m'intéresser aux tableaux présentés. Après une inspection éclair, je ressortis en trombe. Je ne rencontrai pas plus de succès dans les autres salles. Esperanza avait disparu !

Du haut des murailles, je balayai du regard le port ostréicole et ses cabanes multicolores. Mais bon Dieu, où était-elle passée !!! Il fallait que je me décide à partir maintenant, avant de me faire coffrer ! Je scrutai de nouveau l'horizon avec l'optimisme d'un condamné à mort quand soudain je la vis enfin !

Mon cœur s'emballa. Ce port de tête, cette allure folle, une femme à faire damner tous les saints du paradis... je me sentis piégé par sa beauté. A cet instant, j'aurais pu soulever des montagnes pour la retrouver. Je hurlai « Esperanza ! » mais j'étais beaucoup trop loin pour qu'elle entende. Je me précipitai vers l'endroit où je l'avais vue entrer, aussi excité qu'un chien flairant le gibier. Je courus à perdre haleine, dédaignant les regards inquisiteurs des touristes en goguette.

C'était dans l'une de ces baraques en bois abritant des ateliers de créateurs que je l'avais vue pénétrer. Mais laquelle ? Toutes identiques, hormis leur couleur, elles ne me facilitaient pas la tâche. J'entrepris de les visiter une par une. « Bijoux argent », « Expo temporaire », « Composite », « Carnet de route, aquarelle », « A fleur de peaux, accessoires en cuir »… rien… et de nouveau cette désagréable sensation qu'Esperanza me filait entre les doigts.

J'atteignis la huitième et dernière cabane de la rangée, il en restait encore une douzaine disséminée plus loin dans les ruelles aux alentours, d'après le plan dont je venais de m'emparer. Il fallait à tout prix que je la trouve !

Les curieux se pressaient autour de moi, avides de découvrir l'exposition consacrée aux ukulélés. Un coup d'œil vers le fond de la pièce et mon rythme cardiaque s'accéléra. Ça y est ! Je l'apercevais enfin, elle se tenait près de la caisse.

Elle me tournait le dos et je voyais sa main caresser un instrument d'un air sensuel, ses longs doigts effilés effleuraient la table d'harmonie et remontaient lentement le long des cordes jusqu'au sillet de tête.

Dans un premier temps, je m'efforçai de retrouver mon calme afin d'éviter de me faire remarquer, puis je me dirigeai vers elle sans précipitation. Deux mètres nous séparaient encore l'un de l'autre. J'allais poser doucement ma main sur son épaule pour ne pas l'effrayer et je l'entraînerais tranquillement au dehors afin de lui expliquer la situation ou tout au moins essayer de la lui faire comprendre. Quand soudain, je stoppai net, complètement ébaubi par ce que je venais d'entendre. Non je n'y croyais pas ! Elle ne pouvait pas m'avoir fait cela ! Pas elle ! Comment avait-elle osé ? La traîtresse ! L'ignoble menteuse ! La scélérate !

Et pourtant, il fallut bien me rendre à l'évidence, cette vérité toute crue qui venait d'exploser devant moi me fit l'effet d'un coup de poignard dans le dos. Le vendeur s'était adressé à Esperanza et elle lui avait répondu... ORALEMENT !!! Un flot de paroles sortait maintenant de sa bouche, sa voix était posée et cristalline, elle s'informait sur les essences de bois utilisées puis sur les prix... une supposée muette décidément bien bavarde et bien énigmatique ! J'en restai comme deux ronds de flan. Cette femme que j'avais secourue m'avait odieusement trompé ! Mais qui était-elle donc vraiment et pourquoi m'avait-elle menti ? Là, c'en était trop, un vrai coup de massue. A croire que je vivais dans un monde de fou !

7

Anéanti par la stupéfaction, ravagé par un tsunami d'incompréhension, déglingué du cerveau, tel était mon état psychique en sortant de la cabane, sans parler des manifestations physiologiques qui l'accompagnaient : jambes sciées, palpitations effrénées et violents bourdonnements dans les oreilles. Je me sentais comme englué dans un cauchemar de la pire espèce, un cauchemar qui avait débuté lors de l'annonce de mon suicide, puis celle qui faisait de moi un meurtrier, et qui se poursuivait maintenant par cette trahison hautement inattendue de la femme qui avait commencé à faire frémir mon cœur de pierre.

Car je ne pouvais plus nier l'évidence : Esperanza m'attirait de plus en plus. J'avais très rarement éprouvé de sentiments pour quelqu'un et je n'avais donc aucun mal à identifier « la chose ». J'étais amoureux, sinon comment expliquer l'acuité de mon ressenti ? J'irais même encore plus loin, j'étais « raide dingue » de cette intrigante ! Mais pourquoi m'avait-elle berné ? Je m'emberlificotais dans un dédale d'explications saugrenues sans pour autant parvenir à apaiser ma colère.

Je parcourus la distance qui me séparait de mon véhicule comme un automate. Parvenu au port, je me laissai glisser à terre pour me retrouver avachi sur le parapet, dans l'attitude corporelle habituelle du déprimé, celle que je venais de quitter à peine quelques jours plus tôt. Peu m'importait désormais d'être reconnu. Je voulais en finir avec cette histoire à dormir debout. Etre jeté en prison ne m'effrayait plus, cette perspective finissait même par me réjouir.

Je m'imaginais déjà dans ma geôle, entièrement livré à ma passion, noircissant des pages et des pages sur des cahiers d'écolier. J'y clamerais mon innocence et je relaterais minutieusement l'avancement de mon travail à Maman lors des visites de parloir. Bien sûr, elle souffrirait de voir son fils privé de liberté, mais elle finirait par accepter la situation.

Notre complicité, au lieu d'en pâtir, s'en trouverait même renforcée. Les potins de mon ancien quartier alimenteraient nos conversations, nous adopterions de nouvelles habitudes, nous nous accommoderions de cette iniquité.

La déréliction venait-elle à nouveau de faire de moi sa victime ? Je n'étais plus capable de faire la part de choses, comme si une partie de mon cerveau s'était fait la belle. Après avoir retiré mes lunettes pour laisser libre cours à mes larmes, je restai là, les jambes ballantes et l'air hagard, déconnecté du monde.

J'avais accumulé un trop-plein d'émotions qu'il fallait que j'évacue. Je pleurais sur ma vie passée, sur ce vide qui m'habitait, sur le bonheur qui s'était enfui lorsque mon père avait quitté cette terre.

Ici même, à ses côtés, j'avais passé des heures à observer les allées et venues des bateaux de pêcheurs. Je réalisais subitement à quel point il m'avait manqué malgré tout l'amour prodigué par ma mère durant toutes ces années. Pourquoi n'était-il pas là pour m'aider à traverser ces épreuves ? Que ferait-il à ma place ? Aurait-il la force de se battre ? Je restai longtemps à larmoyer sur mon sort et à ressasser le passé jusqu'à ce que l'ignoble menteuse resurgisse près de moi.

Oui, c'était bien elle, la femme qui me devait son salut et à qui j'avais offert l'hospitalité. Dissimulé derrière ma voiture, j'avais échappé à son regard. Elle fouillait dans un sachet en plastique, à la recherche de quelque chose qu'elle ne trouvait pas.

Sur son visage, je pouvais lire la contrariété. Soudain je compris. Le téléphone portable ! Voilà ce qui lui manquait.

Elle déversa le contenu du sachet sur le sol, écarta les objets un par un, puis remisa le tout, l'air de nouveau ennuyé. Mais quelle était donc la personne qu'elle tenait tant à joindre et pourquoi ??? Dommage que l'oubli de son portable me prive de réponse. A ce moment précis, j'aurais peut-être pu démêler l'écheveau de cet inextricable micmac !

Tout à coup, je réalisai qu'elle ne m'avait pas refourgué un seul mensonge, mais deux : son mutisme et… sa nationalité espagnole. Dans la cabane, elle s'était en effet exprimée dans un français parfait et sans le plus petit accent. Cette prise de conscience fut sans doute la goutte d'eau qui fit déborder le vase : le cœur plein de hargne, je retirai le foutu téléphone de ma poche de short, puis je me levai brutalement pour me jeter littéralement sur Esperanza… ou tout du moins celle qui prétendait s'appeler ainsi : à coup sûr une imposture de plus !

Je brandis l'appareil sous son nez en hurlant :

- C'est ça que vous cherchez ?

Ses traits se durcirent et ses yeux s'affolèrent, signes révélateurs de la stupeur et de la frayeur qui venaient de s'emparer d'elle. Mais aucun son ne sortit de sa bouche. Une maîtrise digne des plus grandes comédiennes ! Bien décidé à la faire sortir de ses gongs, je l'empoignai par les épaules pour la secouer comme un prunier tout en jurant comme un charretier : « Mais bordel de merde, qui es-tu ? Tu vas cracher le morceau, je te le garantis ! »

Mon exaspération m'avait conduit à la tutoyer. Je ne me reconnaissais pas, ni dans mes paroles, ni dans mes gestes. J'étais à bout de nerfs et incapable de me contrôler. Maintenant je pouvais lire la terreur sur son visage, elle cherchait désespérément à se dégager de mon emprise, toujours dans le mutisme le plus total ! Mais j'étais déterminé, je ne la lâcherais pas avant de connaître sa véritable identité !

Je m'époumonai de plus belle, sans mesurer l'éventuelle portée de la violence de mon emportement, à cet endroit où les touristes affluent. Sans que je m'en rende compte, un homme s'était approché, intrigué par la scène. J'avais tout à coup perçu une pression sur mon bras. Dans la seconde qui avait suivi, j'avais été violemment projeté à terre où j'étais demeuré un moment à demi inconscient, incapable de la moindre réaction. Tout juste étais-je en état de percevoir des bribes de la conversation entre mon agresseur et la « victime ».

Les mots me martelaient les tympans. Une étrange impression de « déjà vu » pénétra brutalement mon esprit. C'était assez invraisemblable : je vivais l'incipit de mon premier roman, j'étais dans la peau de mon personnage principal ! Tout comme lui, un filet de sang s'échappait de ma lèvre fendue et une douleur vive me laminait le genou droit. La scène de mes écrits toujours en tête, je m'encourageai à agir comme mon propre héros. Mais une chose nous différenciait tous les deux, et pas des moindres : l'âge. J'avais trente ans de plus que lui et, par conséquent, il me fallut du temps avant de reprendre du poil de la bête et de parvenir à me relever.

D'une démarche hésitante, je m'avançai prudemment et, profitant de l'inattention de l'inconnu, je lui décochai à mon tour une formidable droite qui l'expédia directement dans les eaux du port. Puis, sans demander mon reste, j'agrippai fermement la main d'Esperanza et l'entraînai promptement jusqu'à la voiture. Je la poussai à l'intérieur de l'habitacle sans ménagement et démarrai en trombe, laissant derrière nous un attroupement de badauds interloqués.

Je dépassai les cent vingt kilomètres à l'heure en traversant le pont pour rejoindre le continent ; cette fois, pas le temps d'admirer le paysage !

Cramponnée à son siège, Esperanza voyait sans doute sa dernière heure arriver et moi je me demandais si la voiture n'allait pas décoller du bitume et nous expédier tous les deux au bouillon ! Quand soudain un mot s'échappa de sa bouche : « Ralentissez ! » J'ignorai superbement sa demande et continuai à rouler à tombeau ouvert. « Ralentissez, vous allez nous tuer ! » s'escrima-t-elle à répéter en m'implorant du regard, tandis que je continuais à prendre un malin plaisir à rester muet.

Je la laissai encore me supplier un moment puis lui assenai d'un œil glacial : « Vous avez retrouvé l'usage de la parole ? » « Ralentissez, je vous en supplie » répondit-elle d'une voix lasse et les yeux agrandis par la peur.

Je freinai brutalement, puis virai à gauche pour m'enfoncer dans la campagne, à la recherche d'un coin tranquille, comme deux jours auparavant, lorsque j'avais opéré mon sauvetage improvisé. Quelques centaines de mètres plus loin, je stoppai enfin le véhicule et toisai ma passagère de mon regard le plus noir.

Déstabilisée, elle éclata en sanglots.

Ma colère s'atténua d'un coup. J'enfouis ma tête entre mes mains, accablé par le remords. Mais qu'est-ce qui m'avait pris de me mettre dans un tel état ? De jouer l'outragé et de mettre nos vies en danger ! De malmener ma protégée alors qu'elle venait à peine de se libérer du joug d'un homme violent ! Je ne valais vraiment guère mieux que lui.

Je me tournai vers Esperanza, le cœur en vrille. Un flot de larmes inondait son joli minois. C'était insupportable. Tout en l'enlaçant délicatement, je lui murmurai d'un air contraint :

- Je suis désolé. J'ai réagi comme un idiot, mais vous comprenez, lorsque j'ai réalisé que vous m'aviez menti, j'ai perdu mon sang-froid.

Elle ravala ses pleurs pour me dire d'une voix à peine perceptible :

- Ne vous excusez pas, tout est de ma faute. Je ne sais pas ce qui m'a pris de vous faire croire que j'étais muette. Je voulais éviter de répondre à vos questions… je ne voulais pas évoquer mes problèmes avec un inconnu, je...

- Je peux comprendre. Vous auriez préféré les confier au téléphone à quelqu'un de votre entourage.

Elle me regarda avec surprise.

- Ah… vous m'avez vue en train de le chercher tout à l'heure ?

- Oui, je vous observais. Mais vous ne pouviez pas le trouver car il était resté à la villa, repris-je avec douceur.

- Je voulais juste joindre ma mère pour la rassurer, elle sait que mon petit ami est violent et elle s'inquiète, expliqua-t-elle, en se dégageant doucement de mon étreinte.

- N'en parlons plus. Je n'ai pas été non plus très franc avec vous. Il faut que je vous avoue quelque chose qui risque de vous surprendre, voire de vous effrayer…

Elle me dévisagea, intriguée, puis me lança :

- Quoi donc ?

- Voilà… je suis recherché pour meurtre.

Un rictus trahit sa stupéfaction.

- Quoi ! Vous plaisantez ?

- Malheureusement non.

- Vous avez tué quelqu'un ?

- Non, bien sûr que non ! Il s'agit d'une terrible méprise. Et, comme vous avez été photographiée avec moi à votre insu, vous risquez d'avoir vous aussi de sérieux ennuis.

- Oh non ! Et avec votre esclandre, nous ne sommes pas passés inaperçus ! Nous allons avoir la police aux trousses en moins de deux !

- De toute façon, elle connaissait mon point de chute. En ce moment même elle doit être en train de fouiller la villa. C'est la raison pour laquelle j'étais venu à votre recherche et c'est ainsi que j'ai découvert que vous n'étiez pas muette. Vous ne pouvez pas savoir le choc que j'ai eu en vous voyant converser avec ce vendeur !

- Je suis vraiment confuse, je me rends compte maintenant à quel point j'ai été idiote de vous jouer une telle comédie !

- N'en parlons plus.

- Mais que va-t-on faire maintenant ?

- Je l'ignore. Il vaut peut-être mieux que je me rende avant d'aggraver mon cas. Rassurez-vous, j'expliquerai que vous n'êtes absolument pour rien dans cette histoire.

- Attendez, vous me dites que vous êtes innocent et je vous crois. Alors il faut tout faire pour prouver votre innocence ! Qui vous accuse-t-on d'avoir tué ?

- Roland Putier.

- L'animateur vedette de l'émission « On aura tout vu, tout entendu » ?

- Oui, lui même.

- Vous le connaissiez ?

- Un peu.

- Et vous, êtes-vous aussi quelqu'un de connu ?

- Oui, assez.

- Je me disais bien que votre visage m'était familier. Vous êtes acteur ?

- Non, écrivain et critique littéraire à mes heures.

- Désolée, je ne lis pas.

- C'est votre droit.

- Evidemment, j'aurais dû m'en douter... tout ce temps passé derrière votre ordinateur ! Je ne sais pas comment vous faites pour rester des heures durant vissé sur votre siège !

- Quand j'écris, je ne vois pas le temps passer, je suis en compagnie de mes personnages et j'aime ça. Et vous, que faites-vous dans la vie ?

- Euh... rien de bien intéressant... des petits boulots. Vous comprenez... je n'ai pas de diplômes, alors je prends ce qui se présente. Dernièrement j'ai fait de la vente à domicile.

- Pourrais-je connaître votre vrai nom ?

- Je m'appelle Karen Pichaud, Esperanza est mon deuxième prénom, je le tiens de ma grand-mère espagnole.

- Vous allez peut-être me trouver idiot, mais j'aimerais continuer à vous appeler Esperanza.

- Je n'y vois pas le moindre inconvénient, je dirais même que j'aime autant.

- Alors Esperanza, à tout bien réfléchir, je crois que vous devriez repartir chez vous. La police ne vous ennuiera pas longtemps, vous serez vite lavée de tout soupçon. Je pourrais peut-être vous ramener à votre domicile. Où habitez-vous ? Ne me dites pas Barcelone, je ne vous croirai pas !

Elle afficha un regard embarrassé.

- A vrai dire, je n'ai plus de domicile, je vivais avec mon petit ami et, comme vous vous en doutez, je ne tiens pas à le revoir !

- Oui, cela va de soi. Je ne veux pas non plus vous remettre dans les griffes de ce surexcité. Hors de question aussi d'aller chez moi ou chez ma mère, nous serions très rapidement repérés. Sans nous rendre à Barcelone, peut-être pourrions-nous gagner l'Espagne et trouver un petit hôtel discret dans un village retiré. Qu'en pensez-vous ?

Ma proposition n'avait pas l'air de l'emballer. Elle semblait réfléchir à la situation avec le plus grand sérieux. Soudain, elle s'exclama :

- Attendez, j'ai une meilleure idée !

Son regard venait de s'éclairer d'un coup, soulignant son éclatante beauté. Je me retins de la reprendre dans mes bras. Surtout ne pas précipiter les choses. Il ne fallait pas que j'oublie qu'elle venait de rompre avec un homme et que, par conséquent, elle n'envisageait sans doute pas le remplacer de sitôt. Je me contentai donc de l'écouter avec attention :

- J'ai une amie d'enfance, quelqu'un de proche qui habite à une centaine de kilomètres d'ici, dans un petit village situé près de Saintes. Elle acceptera de nous héberger sans la moindre hésitation. Je vais l'appeler immédiatement. Donnez-moi mon portable, m'ordonna-t-elle.

Je marquai un temps d'hésitation.

- Attendez, êtes-vous certaine de pouvoir lui accorder votre confiance ? Je suis quelqu'un de connu qu'on accuse d'un meurtre. Tous les médias ont dressé de moi un portrait loin d'être flatteur. A mon avis, elle risque d'être réticente à l'idée de camoufler un odieux criminel !

- Non, non, faites-moi confiance. Je vais lui expliquer, elle comprendra. Vous verrez que si je lui dis que vous êtes innocent, elle me croira.

Je me laissai finalement convaincre par l'enthousiasme d'Esperanza. Après tout, qu'est-ce qu'on risquait ? De toute façon, mise à part mon idée de passer la frontière, je n'entrevoyais pas d'autre solution.

- D'accord, appelez-la, répondis-je. Et, si elle accepte, prions pour que la police ne nous arrête pas en cours de route. !

Une heure plus tard, nous arrivions à destination, dans le village de Courcoury.

8

Nous n'avions pas beaucoup parlé pendant le trajet. D'abord parce que nous étions tous les deux tendus, à l'affût d'un éventuel barrage de police et puis, parce que la fatigue se faisait lourdement sentir.

Nous arrivâmes à la nuit tombée. Esperanza me demanda d'attendre quelques instants dans la voiture. Pendant qu'elle s'entretenait avec son amie sur le pas de la porte, j'eus tout le loisir d'admirer l'imposante bâtisse qui se dressait devant moi, une somptueuse longère typiquement charentaise, digne de figurer en couverture d'un magazine de décoration.

Un halo de lumière diffusé par une gracieuse lanterne en métal ouvragé finement travaillé révélait toute la beauté des pierres de taille du pays et du sculptural fronton au dessus de la porte d'entrée. Je remarquai aussi deux énormes boules de buis installées dans de jolis caissons de bois qui s'alignaient de chaque côté du perron, accentuant davantage l'élégance des lieux. Assurément, une façade gage d'un intérieur de bon goût. J'avais maintenant hâte d'y mettre les pieds. Mais Esperanza ne semblait pas en avoir fini avec ses bavardages. Soudain un doute m'envahit : « Et si la maîtresse des lieux avait changé d'avis ? » Je n'imaginais pas devoir reprendre la route dans l'état d'épuisement dans lequel je me trouvais. Eventualité fort heureusement vite écartée à la vue d'Esperanza me faisant signe de descendre.

J'empoignai mes maigres bagages et rejoignis les deux femmes. Une brève poignée de main et nous pénétrâmes sans attendre dans la demeure, dont le nom « La Lézardière » s'affichait en lettres manuscrites sur une jolie plaque de métal vissée sur le mur.

Dans le grand hall d'entrée, nous bifurquâmes à gauche pour intégrer le salon où notre hôtesse nous convia à nous installer. Nous prîmes place dans un canapé de cuir blanc aux formes généreuses. Mon instinct ne m'avait pas trompé, le charme de la demeure continuait d'opérer.

Malgré des revenus financiers plus que conséquents, je n'avais jamais eu pour ambition de m'offrir une telle maison - je logeais d'ailleurs toujours dans le même appartement depuis trente ans - mais j'appréciais de séjourner dans ce genre d'endroit où flottait un doux parfum d'antan appelant à la sérénité. Tableaux de bonne facture, lampes d'ambiance, bougeoirs baroques, statuettes délicates, tapis moelleux, miroirs vénitiens, coussins brodés… tout s'accordait merveilleusement bien. Pas un objet de trop, pas de faute de goût et pas non plus un intérieur formaté à la mode actuelle. Je ne manquai pas de féliciter la maîtresse des lieux :

- Vous avez une maison de toute beauté !

Un sourire de contentement illumina le visage hâlé de l'heureuse propriétaire.

- Je vous remercie. Pour parvenir à ce résultat, je n'ai pas ménagé ma peine.

- Vous voulez dire que vous l'avez restaurée vous-même ?

- Tout à fait. Lorsque nous l'avons achetée, mon défunt compagnon et moi, elle n'avait pour ainsi dire pas d'autres atouts que son imposante superficie. Tout était complètement délabré. Mais j'ai tout de suite perçu sa belle âme.

- Combien de temps vous a-t-il fallu pour obtenir ce résultat ?

- Environ deux ans. Décapage complet des murs et des plafonds, puis blanchissement à la poudre de nacre pour obtenir ce délicat effet irisé que l'on retrouve dans presque chaque pièce. J'ai aussi abattu des cloisons, posé du carrelage, décapé des poutres… un véritable travail de titan mais qui en valait la peine. Après les gros travaux, j'ai pu me consacrer à la décoration. J'ai écumé tous les brocanteurs et les antiquaires de la région.

- Seriez-vous décoratrice ?

- Non, absolument pas, je suis dentiste.

- Vous auriez eu assurément toutes les qualités pour exercer aussi la profession de décoratrice.

- Et même celle de maçon, menuisier, carreleur et j'en passe ! clama Esperanza. Elle manie aussi bien la truelle, le marteau ou la pince à rogner que la roulette de son cabinet ! Cette femme a tous les talents !

- N'exagère pas ou ton ami va croire que je suis la femme parfaite !

- La femme parfaite existerait donc ? fis-je, l'oeil malicieux.

Charlotte rejeta la tête en arrière d'un geste de gamine avant de riposter :

- Pas plus que l'homme parfait ! Mais, à mon tour de vous questionner, reprit-elle en retrouvant son sérieux. J'ai lu bon nombre de vos œuvres et je me suis toujours demandé quelles étaient vos sources d'inspiration ; ne me dites pas que votre imagination est aussi fertile que cela, je ne vous croirai pas !

- Je sollicite peu mon imaginaire, car je n'ai guère besoin d'inventer, il me suffit tout simplement d'observer autour de moi. Je trouve mon inspiration dans mon environnement : dans la rue, dans les journaux, chez ma boulangère, au bistrot du coin, auprès des personnes que je côtoie. A cet instant même, je vais peut-être capturer votre sourire ou votre regard ou la décoration de votre salon. Je les enfouirai au fin fond de mon cerveau pour les utiliser plus tard dans l'un de mes futurs romans, dans six mois, un an, dix ans peut-être... au moment où je jugerai opportun de faire intervenir ces éléments dans mon histoire.

Mon interlocutrice ouvrait maintenant de grands yeux intéressés.

- En entendant vos propos, je vous imagine dans un gigantesque supermarché en train de faire votre choix ! dit-elle en me sondant d'un regard encore plus vif.

- Oui, l'image n'est pas fausse, sauf que mes produits sont entièrement gratuits. La vie est si colorée, si riche en événements divers que tout m'est offert sur un plateau. Je n'ai plus qu'à m'en emparer. Pour concocter mes romans, libre à moi de ne retenir que les ingrédients les plus savoureux et les assaisonner ensuite à ma façon.

- Au final, vous seriez donc en quelque sorte un grand chef cuisinier ! déclara-t-elle, de plus en plus enthousiaste.

- C'est tout à fait ça, mais parfois il peut y avoir des ratés ! Avez-vous lu « *Le meurtrier arrivera à quinze heures trente* » ?

- Non, je ne crois pas.

- Vous avez fort bien fait ! lui répondis-je avec un sourire au coin des lèvres.

Elle partit d'un grand éclat de rire. Cette gaieté naturelle et cet intérêt manifeste pour mon métier m'allaient droit au cœur et me rassuraient complètement quant à mes craintes d'être dénoncé. Soudain elle se leva et s'exclama :

- Je parle, je parle et je manque à tous mes devoirs d'hôtesse ! D'autant plus qu'à cette heure tardive, vous devez être terriblement affamés ! Je vais vous préparer un petit plateau repas. Ne bougez pas, je vous l'apporte immédiatement.

Nous la remerciâmes poliment puis, une fois seuls, Esperanza me demanda :

- Alors, regrettez-vous de m'avoir suivie jusqu'ici ?

- Je vous assure que non.

- Et que pensez-vous de Charlotte ?

- Votre amie est absolument charmante et je la trouve très courageuse ; je ne sais pas si à sa place j'aurais pris le risque d'héberger un présumé meurtrier en fuite. Mais, en parlant de ça, pensez-vous que nous puissions allumer le téléviseur ? J'aimerais savoir si on parle de moi aux informations.

- Mais bien sûr, répondit-elle en s'emparant de la télécommande. J'espère bien qu'on va aussi évoquer ma modeste personne, je n'ai jamais eu l'honneur de passer à la télévision !

- Il aurait mieux valu vous en dispenser, croyez-moi ! Dans quoi vous ai-je entraînée !

- Rassurez-vous, vous n'y êtes pour rien. Vous n'avez fait que votre devoir de citoyen, vous n'alliez tout de même pas me laisser en pleine campagne avec un fou furieux !

- En fait, je n'ai pas vraiment eu à me poser la question de savoir si je devais vous embarquer ou pas. Souvenez-vous, vous avez surgi devant moi complètement terrifiée et vous vous êtes introduite brutalement dans ma voiture tandis que votre sinistre copain faisait son effrayante apparition. Que pouvais-je faire d'autre que de décamper au plus vite ?

Elle esquissa un timide sourire, puis demanda :

- Si je n'avais pas été poursuivie, auriez-vous refusé de me prendre à bord de votre véhicule ?

Je pris mon temps pour répondre.

- Eh bien, je ne sais pas. Peut-être... Je n'aspirais qu'à la solitude. Vous êtes venue contrarier mes projets.

- Lesquels ? demanda-t-elle intriguée.

- Le lendemain de notre rencontre, je devais participer à l'émission de Roland Putier, enfin c'est ce que je lui avais fait croire.

- Je ne comprends pas.

- Je vais vous expliquer. Le 20 mai dernier, il avait annoncé ma mort en direct à la télévision. J'ai failli faire une syncope en l'entendant dire que je m'étais jeté du haut des falaises d'Etretat. Certes, je n'étais pas le premier à apprendre par les médias que je venais de passer de vie à trépas : Mark Twain, l'auteur des aventures de Tom Sawyer et plus récemment Bill Gates en ont eux aussi fait les frais, mais je n'avais pas l'intention d'en rester là, même si Putier s'était confondu en excuses. J'ai pris la ferme décision de me venger : j'allais tout faire pour laisser supposer que cette indélicatesse m'avait bouleversé au point de me pousser à accomplir le pire. C'était cette fois à moi de décider de l'heure de ma mort ! J'ai contacté l'animateur pour lui faire croire que je souhaitais participer à une de ses prochaines émissions et, dans la nuit qui précédait la programmation, j'ai abandonné mon appartement parisien pour filer en direction du Château d'Oléron, dans la villa « Mon rêve » qui appartenait à une de mes tantes. Je devais m'y terrer quelque temps, il fallait que je reste introuvable et qu'on en vienne à envisager mon suicide. J'avais l'intention de dévoiler ensuite le pot aux roses dans une émission de grande écoute ou pourquoi pas au journal de vingt heures. Je ne me serais alors pas privé de dénoncer l'ignominie de la course aux scoops. Seule ma mère était dans la confidence. Mais les événements qui ont suivi ont fait capoter mon plan.

- Vous n'aviez pas prévu de me trouver sur votre route et j'ai dû vous faire l'effet d'un énorme boulet à traîner !

- Oui, je dois bien le reconnaître. Et puis tout est allé de

Charybde en Scylla : la mort de Putier, ma mise en accusation et enfin la découverte de votre mensonge.

- Rien ne vous aura été épargné en effet. Mais j'ai du mal à vous suivre sur un point : pourquoi vous êtes-vous à nouveau embarrassé de moi tout à l'heure au lieu de vous enfuir seul ?

Je me raclai la gorge. La question me dérangeait au plus haut point. Si je lui dévoilais mes sentiments de but en blanc, je risquais d'aller tout droit vers une nouvelle déconvenue. Par bonheur, les premières notes du générique du journal télévisé me dispensèrent de délivrer une réponse éhontée.

- Ah, ça commence ! m'exclamai-je soulagé, en détournant mon regard de celui d'Esperanza pour le porter vers le grand écran plat.

Un dramatique accident d'avion de ligne accapara les toutes premières minutes du journal, puis le présentateur enchaîna avec ma malheureuse histoire. « Rebondissement dans l'affaire Mervan » annonça-t-il, la voix chargée de mystère pour révéler ensuite, par les propos suivants, que je venais d'être localisé : *le célèbre écrivain Jacques Mervan ne s'est donc pas donné la mort comme le craignaient les enquêteurs ; depuis sa disparition, il aurait séjourné dans l'île d'Oléron, dans une maison appartenant à sa famille. A ses côtés se trouvait une jeune femme, comme le prouve cette photo prise par un touriste…*

Tandis qu'il poursuivait, un portrait d'Esperanza et moi s'afficha sur l'écran. On aurait dit un banal couple de touristes. En arrière-plan, on apercevait le phare de Chassiron. C'était le cliché auquel Maman avait fait allusion au téléphone. Ma voisine poussa un petit cri aigu et s'esclaffa :

- Oh, ben ça alors !

- Vous comprenez maintenant ce que j'ai pu ressentir ! Et encore, en ce qui vous concerne, on n'est pas en train d'annoncer votre mort !

- Chut ! Ecoutez ce qu'il dit ! m'ordonna Esperanza en plaquant son index sur sa bouche.

L'incident du port fut ensuite relaté avec moult détails et confirmé par un couple de témoins qui avouaient n'avoir jamais assisté à une scène d'une telle violence. Décidément mon image n'avait pas fini d'être ternie ! Soulagement tout de même d'apprendre que ma victime n'était que légèrement blessée. Je frémis à l'idée d'avoir été à deux doigts de me transformer en véritable criminel et ne pus m'empêcher d'avoir une pensée émue pour tous ces pauvres bougres emprisonnés pour des faits liés à un concours de circonstances. Nous ne sommes malheureusement pas toujours maîtres de notre destin…

Le journaliste termina sur ces mots : *les enquêteurs ne sont pas encore parvenus à identifier la jeune femme qui se trouvait aux côtés de l'écrivain et ignorent pour quelle raison il la maltraitait sur le port du Château d'Oléron. L'enquête se poursuit pour déterminer s'il s'agit d'une complice ou d'un otage et pour tenter de retrouver Jacques Mervan et l'inconnue.*

Charlotte fit sa réapparition pour déposer un plateau bien garni sur la table du salon. Elle nous invita ensuite à nous servir.

- Je suis désolée, je n'avais plus que du pain de mie.

- Mais il n'y a vraiment pas de quoi voyons ! C'est déjà tellement aimable de votre part de nous recevoir !

- Eh bien Esperanza, tu en fais une tête ma chérie !

L'intéressée laissa échapper un énorme soupir.

- Je viens de me voir à la télé, ça fait bizarre !

- Mince, j'ai loupé ça ! regretta notre hôtesse.

- Dites-moi, Charlotte, vous n'avez pas peur d'être inquiétée par la police en nous hébergeant ? demandai-je à brûle-pourpoint.

- Absolument pas, répondit-elle sans la moindre hésitation. Qui songerait à venir vous chercher ici ?

- Et si j'étais vraiment le criminel dont il s'agit ? continuai-je en m'efforçant d'adopter un air inquiétant.

- Je n'y crois pas du tout. Il n'y a que dans vos livres que vous êtes capable du pire ! Vous ne ressemblez en rien aux assassins que vous inventez, vous paraissez doux comme un agneau ! Tu n'es pas d'accord avec moi Esperanza ?

- Si si, je le pense aussi.

- C'est un peu vexant d'entendre cela ! rétorquai-je d'un faux air affligé.

- Désolée de vous décevoir, reprit Charlotte, mais il m'est impossible de vous imaginer dans la peau d'un meurtrier !

- Je plaisantais bien sûr ! Et puis, vous avez sans doute raison, je n'ai pas l'étoffe d'un criminel et c'est certainement la raison pour laquelle je prends un malin plaisir à inventer des héros aussi épouvantables dans mes romans !

- C'est le mot qui convient en effet. Je dirais même que vous avez l'art de les rendre particulièrement abominables !

- Mais je dois bien avouer qu'être pris pour ce genre de personnage n'a rien d'exaltant, j'aimerais bien que cette situation déplaisante ne s'éternise pas. Ce n'était pas prévu dans mon programme !

- Il faut laisser l'enquête se poursuivre. Tôt ou tard un indice permettra d'identifier le véritable coupable.

- Néanmoins, pour l'instant, tout est contre moi.

- Oui, mais tout peut aussi très vite basculer ! Soyez confiant !

Nous bavardâmes encore un moment durant puis, fourbu, j'informai Charlotte de mon intention d'aller dormir. Il ne me fallut que quelques secondes avant de trouver le sommeil, il faut dire que la journée avait été rude !

9

Le délicat tintement des cloches de l'église toute proche m'extirpa de mon sommeil. Aucun bruit ne filtrait du rez-de-chaussée de la maison ; je restai encore quelques instants à me prélasser tout en songeant à différentes pistes susceptibles de s'avérer intéressantes pour la suite de mon récit. Afin de ne pas les laisser s'égarer dans un coin de ma tête, je ne tardai pas à me poster devant mon écran de portable et à les inscrire noir sur blanc. Charlotte serait sans doute surprise d'apprendre qu'elle venait d'intégrer mon histoire, son personnage m'ayant séduit d'emblée. Je ne lui en soufflerai mot pour l'instant, mais je lui ferai parvenir un exemplaire dédicacé du roman dès sa publication. Nul doute qu'elle appréciera. Et promesse fut prise que, même emprisonné, je parviendrais à éditer ce bouquin.

Aux environs de neuf heures, je me décidai à descendre dans la cuisine. Mis à part la présence d'une superbe chatte de race « Mau Egyptien », repérable à ses grands yeux en amande placés de biais et à son pelage tacheté, la pièce était déserte. Un post-it posé en évidence sur la table attira mon attention :

Je suis partie au travail, je rentrerai tard ce soir. Le café est prêt ; pour le déjeuner, le congélateur est à votre disposition ainsi que les fruits et légumes du jardin (mes fraises sont divines !). Passez une bonne journée et profitez du beau temps pour vous baigner dans la piscine. Charlotte.

Ainsi j'étais donc seul avec Esperanza dans cette demeure de rêve. Un sentiment de plénitude m'enveloppa tout entier. Je me servis une tasse de café, puis je fis coulisser la grande baie vitrée du salon pour accéder au jardin, de toute beauté lui aussi, véritable éden qui aurait vraisemblablement inspiré plus d'un peintre. Au fond, la piscine, aux dimensions spacieuses, incitait à la baignade. Un bref instant, l'image d'Esperanza, revêtue de son charmant bikini et barbotant dans le bassin, se fixa sur ma rétine. Cette délicieuse pensée me combla d'aise.

Je m'installai sur un transat pour y siroter mon café en toute quiétude. Qu'il était bon de ne rien faire et de se laisser caresser par les rayons du soleil ! Sans cette histoire de meurtre, j'aurais pu couler des jours heureux. Mais pourquoi avait-il fallu que Putier soit assassiné au moment où je reprenais goût à la vie ! Qu'adviendrait-il de moi si j'étais arrêté ? Car il était évident que je ne pourrais pas indéfiniment me soustraire à la justice. En attendant, j'avais bien l'intention de profiter de chaque instant. Si je devais par la suite croupir dans une prison, autant vivre pleinement cette liberté en sursis. Fort de cette pensée, je finis par m'assoupir jusqu'au moment où le claquement des volets sur le mur me réveilla en sursaut.

- Bonjour Jacques. Vous avez bien dormi ? claironna Esperanza du haut de son perchoir.

C'était la première fois qu'elle m'appelait par mon prénom et j'en fus tout retourné. Je bafouillai :

- Euh… oui, merveilleusement bien. Et vous ?

- Moi aussi. Je vous rejoins tout de suite.

Quelques secondes après, elle s'avançait vers moi en souriant. Malgré une tenue beaucoup trop grande pour elle, un tee-shirt vraisemblablement emprunté à Charlotte, elle dégageait toujours le même charme irrésistible. Je masquai mon trouble.

- Vous n'écrivez pas ce matin ? me demanda-t-elle, étonnée.

- C'est déjà fait ; je profite maintenant de notre ami le soleil.

- C'est ce que je vois ! L'intérêt dans votre métier, c'est que vous pouvez choisir vos horaires. D'un autre côté, cela ne doit pas être évident de s'astreindre à écrire. Je ne crois pas que j'y parviendrais.

- Pour moi, ce n'est pas une contrainte. J'écris depuis trente ans et j'éprouve toujours autant de plaisir. Néanmoins, il est vrai que j'ai bien cru un moment avoir perdu l'envie à tout jamais.

- Pour quelle raison ? me demanda-t-elle, piquée par la curiosité.

- Oh ! Un mal sournois auquel beaucoup d'entre nous sont confrontés : la dépression.

Cet aveu me surprit moi-même. Je n'avais pas pour habitude de me laisser aller à la confidence, pas même avec ma mère.

- Comment avez-vous fait pour vous en sortir ? demanda-t-elle avec douceur.

- J'ai été sauvé par Roland Putier.

- Je ne comprends pas, fit-elle en me fixant avec un regain d'intérêt.

- Eh bien, comme je vous l'ai raconté, il a annoncé mon décès en direct à la télévision et cet événement a servi d'électrochoc. J'ai aussitôt éprouvé le besoin de me débarrasser de mon état dépressif, comme si cette fausse mort avait réveillé quelque chose en moi. J'ai repris goût à la vie et j'ai décidé de me remettre à l'écriture, délaissée depuis un an.

- Et vous n'avez eu aucun mal à retrouver l'inspiration ?

- Pas la moindre difficulté, mais il faut dire que vous m'y avez bien aidé.

Elle me regarda avec surprise.

- Comment ça ?

Je lui adressai un léger sourire avant de reprendre :

- Eh bien, je dois vous avouer que notre rencontre, on va dire quelque peu singulière, a déclenché les premières idées de mon roman.

- Vraiment ? fit-elle tout étonnée. Ainsi vous parlez de moi dans votre tapuscrit ?

- Ça vous surprend ?

- Un peu. Je pourrais lire ?

- Non, désolé mais il faudra attendre la parution du livre !

Elle afficha une moue de déception.

- Si je comprends bien, personne n'a le privilège de parcourir vos écrits avant leur publication ?

- Si, une seule personne : ma mère. Elle corrige mes fautes d'orthographe et m'oblige parfois à modifier certains passages. Ses remarques sont très pertinentes, c'en est même assez agaçant !

- Et qui vous dit que les miennes ne le seraient pas ? avança-t-elle, un sourire malicieux ancré au coin des lèvres.

- De toute façon, pour le moment, c'est un peu prématuré ; l'histoire est à peine ébauchée, laissez-moi au moins le temps de faire vivre mes personnages et de leur donner de la consistance. Vous allez devenir une parfaite héroïne, je vous le garantis !

- Et comment ferez-vous quand votre mère ne sera plus de ce monde ? Qui vous corrigera ? demanda-t-elle, soudainement redevenue sérieuse.

- A ce moment-là, je pourrai peut-être faire appel à vous pour la remplacer, répondis-je, l'œil espiègle.

Elle sourit puis se redressa d'un coup.

- Bon, si on se baignait maintenant ? suggéra-t-elle d'un air déterminé.

- Bonne idée, m'empressai-je de répondre. J'ai besoin de me rafraîchir.

Je la suivis aussitôt dans le bassin où elle commença par s'ébrouer comme un petit animal sauvage. Elle avait l'air totalement dans son élément : une vraie sirène. En ce qui me concerne, je n'étais pas particulièrement adepte de ce type de plaisir, mais la joie d'Esperanza était si communicative que je me pliai de bonne grâce à toutes ses volontés. Plongeons répétés, concours d'apnée et courses de brasse : rien ne me fut épargné et pourtant je ne formulai pas la moindre objection ; au contraire, j'en redemandai ! L'enthousiasme débordant de ma partenaire me donnait envie de croquer la vie à pleine dents, de rattraper ce temps perdu à me morfondre, d'éradiquer définitivement ma période dépressive. Le goût du bonheur… Mais pas n'importe lequel ! Pas ce bonheur artificiel qui m'avait accompagné depuis tant d'années. Non. Le vrai, celui avec un grand « B », celui qui ne se livre à vous que très rarement et qui vous donne des frissons dans la tête et dans le corps. Moment d'exception qu'à vrai dire - j'en prenais conscience à l'instant même - depuis le décès de mon père, je n'étais encore jamais parvenu à retrouver. C'était comme si des centaines de bulles de savon pétillaient autour de moi, comme si la vie se teintait tout à coup de rose et que l'horizon se dégageait enfin. Ah, si j'avais pu capturer ces instants magiques ! Heureux, je l'étais, oui, grâce à cette femme dont j'étais bel et bien épris et en dépit de l'ombre de la prison qui planait au-dessus de moi.

Epuisés par nos jeux aquatiques, nous finîmes par regagner nos chaises longues.

- Je ne pensais pas que vous auriez pu vous amuser autant ! Vous me surprenez, Jacques ! déclara ma belle naïade, d'un ton enjoué.

- Comment ça ?

- Eh bien, pardonnez-moi, mais au premier abord, vous donnez plus dans le genre « type sérieux » que dans celui de boute-en-train. Et finalement vous cachez bien votre jeu !

- Alors comme ça, en me voyant la première fois, vous avez pensé que j'étais plutôt du style coincé ?

- Pire que ça !

- Là, vous me faites marcher ?

- Euh… non !

Et de concert, nous éclatâmes d'un rire joyeux. Puis nous restâmes un long moment allongés sans rien dire, à rôtir au soleil. De temps à autre, j'ouvrais un œil pour admirer discrètement les lignes parfaites de son corps.

- Vous ne mettez pas de crème solaire ? m'exclamai-je subitement, m'imaginant déjà en train d'enduire sa peau satinée.

- Non, jamais, je bronze très facilement. Mais, vous, vous devriez y songer, car j'ai l'impression que vous êtes en train de devenir rouge des pieds à la tête ! Voulez-vous que j'aille voir si je trouve un tube de crème dans la salle de bains ?

Terrorisé à l'idée d'être incapable de maîtriser une réaction physiologique virile au contact des mains d'Esperanza sur mon corps, je déclinai poliment la proposition :

- Non je vous remercie, ça ira.

- Bon, comme vous voulez, fit-elle en enroulant une mèche de cheveux autour de ses doigts.

Nous nous rafraîchîmes encore plusieurs fois dans la

piscine avant de nous décider à en sortir. Il était temps en effet de penser à préparer le déjeuner.

Esperanza s'empara d'un panier de pêcheur et prit la direction du potager. Elle eut tôt fait de le remplir de tomates, d'une laitue et de fraises. Elle rinça ensuite le tout puis me tendit un couteau. Je la regardai d'un air ahuri.

- Allez prenez ! fit-elle, insistante. Je vous demande seulement de couper les tomates en tranches. Rien de bien extraordinaire !

- Oui, bredouillai-je, sans conviction.

Et je m'attelai à la tâche avec application. Peine perdue ! Les fruits, gorgés de jus, éclataient sous mes doigts et les supposées rondelles s'écrabouillaient lamentablement pour se transformer en une bouillie infâme. Malgré tout, Esperanza ne me fit aucune remarque, mais je crois bien que face à tant de gaucherie et de lenteur, elle n'eût aucun mal à deviner mon inexpérience en matière de préparation culinaire. Quant à elle, en un tour de main et avec une incroyable dextérité, elle avait déjà réduit un morceau de gruyère à l'état de lamelles et débité un talon de jambon en petits carrés quasi identiques, à tel point qu'on aurait pu croire à une coupe mécanique. Elle confectionna ensuite une vinaigrette dont elle seule semblait détenir le secret puis s'éclipsa un instant dans le jardin pour en revenir avec des herbes aromatiques qu'elle hacha menu et dont elle parsema le plat. En voyant le résultat, je salivais déjà.

Nous nous installâmes sous la tonnelle et dégustâmes sans attendre notre appétissante préparation.

- La cuisine, c'est votre truc n'est-ce pas ?

- Oui, c'est ma grand-mère espagnole qui m'a initiée.

- Est-elle toujours de ce monde ?

- Non, malheureusement, répondit-elle avec une pointe

de tristesse.

A son tour, elle se laissa un peu aller à la confidence en évoquant son enfance. Mais rien sur sa vie actuelle. Pourquoi donc restait-elle si évasive à ce sujet ? Ne pas la brusquer ; une fois mise en confiance, elle finirait bien par m'en dévoiler davantage.

Nous entamâmes ensuite une série de parties de cartes - j'avais en effet eu la bonne idée de glisser le jeu dans mon sac en quittant la villa -, alternée par des plongeons dans la piscine et des séances de bronzage.

Vers dix-huit heures, je me résolus à délaisser la charmante compagnie d'Esperanza pour aller prendre une douche et c'est à ce moment-là que je ressentis les premiers symptômes d'un malaise : maux de tête, raideur dans la nuque et intense sensation de chaleur sur le visage. Une brutale envie de vomir m'obligea à m'extraire de la cabine de toute urgence, juste à temps pour parvenir à déverser le contenu de mon estomac dans le lavabo. Je me retrouvai ensuite face à Esperanza qui avait dû m'entendre et voler à mon secours. Son visage reflétait l'inquiétude ; elle posa sa main sur mon front brûlant, arrima ensuite mon bras à son épaule et glissa le sien autour de ma taille. Et c'est ainsi que, tout en tenant des propos réconfortants, elle m'aida à gagner ma chambre et à m'installer sur mon lit. Aussitôt, elle en ressortit en trombe, pour la réintégrer peu de temps après, me tendre un thermomètre et m'appliquer un gant de toilette mouillé sur le front.

- Je reviens dans quelques minutes pour savoir si vous avez de la température, m'indiqua-t-elle avant de me laisser de nouveau seul.

Je hochai la tête, mal à l'aise, puis m'exécutai, terriblement anxieux. Et, au vu du résultat, il y avait de quoi !

- Quarante degrés ! s'exclama Esperanza. Vous nous faites une belle insolation ! C'est ma faute, je n'aurais pas dû vous entraîner si souvent dans la piscine !

Je protestai timidement :

- Mais non, vous n'y êtes pour rien, j'aurais dû me méfier, mettre un chapeau de soleil et m'enduire de crème, comme vous me l'aviez proposé. J'ai été totalement déraisonnable !

- Oh, c'est terrible ! Vous êtes rouge comme une écrevisse au sortir d'un court-bouillon ! se lamenta-t-elle, en balayant tout mon corps d'un regard inquiet.

Elle disparut encore une fois pour revenir avec un grand verre d'eau et un comprimé de Paracétamol.

- Prenez ça, ça va vous soulager, m'intima-t-elle.

J'avalai le tout d'un trait.

La voix claire de Charlotte retentit soudain dans la maison : « Où êtes-vous ? » ; « En haut, tu peux nous rejoindre, s'il te plait ? » lui demanda Esperanza. « J'arrive » répondit-elle.

Sitôt dans la chambre, elle confirma le diagnostic d'insolation établi par son amie et opta sur-le-champ pour un changement de pièce. La température élevée de la chambre n'était, selon elle, pas favorable à ma convalescence ; mieux valait me déplacer dans le salon où les volets, clos depuis le matin, avaient permis de conserver une certaine fraîcheur.

Soutenus par mes deux infirmières improvisées, je parvins tant bien que mal à descendre les escaliers pour prendre place sur le canapé du salon. L'opération qui suivit aurait pu, si le soleil ne s'en était pas déjà chargé, me faire monter le rouge aux joues : les deux femmes entreprirent de me tartiner délicatement le visage de Biafine puis le torse et les jambes. Jamais encore je n'avais ressenti une telle humiliation !

- Plus tard, je vous en mettrai dans le dos, me glissa Esperanza, d'un air compatissant. Reposez-vous maintenant.

Charlotte disposa une clochette sur la table basse :

- Si vous avez besoin de notre aide, il vous suffira de sonner.

Et mes deux bienfaitrices me laissèrent seul. Désappointé, je scrutai avec écoeurement mon corps cramoisi et reluisant de pommade. Mal dans ma peau, je l'étais au sens propre comme au sens figuré. La journée avait pourtant si bien commencé !

10

Comment qualifier cette nuit ? D'éprouvante ? L'adjectif « épouvantable » conviendrait davantage. Epouvantable physiquement, en raison de la douleur provoquée par les morsures du soleil sur ma peau, mais épouvantable avant tout par la souffrance mentale qui m'avait accablé. Quand vous peinez à trouver le sommeil et que vos capacités physiques sont amoindries, l'esprit s'échauffe au travers d'une imagination débridée. La mienne m'entraîna vers un fait étrange, relaté dans une émission télévisée quelques semaines plus tôt : *la combustion spontanée* ; vous savez, ce phénomène inexpliqué de personnes qui auraient pris feu sans raison apparente. Eh bien, c'est ce que je m'attendais à subir d'un moment à l'autre, tellement mon être tout entier me faisait l'effet d'une bûche que l'on vient de jeter dans un insert, prête à se consumer entièrement. L'image de mon corps réduit à l'état de cendres solidement implantée dans mon esprit m'avait torturé les méninges durant une bonne partie de la nuit puis, enfin endormi, elle avait fini par alimenter un cauchemar des plus sombres. A mon réveil, j'eus la sensation d'avoir échappé au pire, j'étais bien toujours de chair et de sang !

Quant à mon lever, il mérite aussi qu'on s'y attarde. Imaginez un vieillard cacochyme qui peine à se mettre debout et qui, une fois sur ses jambes, doit faire un effort surhumain pour mettre un pied devant l'autre. Voilà ce que j'étais devenu en l'espace d'une nuit. Chacun de mes pas m'en coûtait donc, car je souffrais terriblement au niveau des articulations. Comment avais-je pu être aussi inconscient pour me livrer des heures durant au farniente sous un soleil de plomb et sans protéger ma peau ? Il fallait forcément s'attendre à ce résultat étant donné que je n'avais pas exposé mon corps aux ultraviolets depuis plus d'un an ! Eh bien, moi, Jacques Mervan, diplômé bac +5, j'avais complètement occulté les précautions les plus élémentaires alors même qu'Esperanza n'avait pas manqué de me mettre en garde.

Imbécile fini ! Triple idiot ! Andouille de premier ordre ! Voilà ta punition : tu es désormais réduit à l'état d'infirme ! Comment comptes-tu t'y prendre maintenant pour séduire ta belle ?

Mais je n'étais pas au bout de mes déceptions ! Tandis que je continuais à me maudire de mon imprudence, je me dirigeai péniblement vers la cuisine. C'est alors que le reflet de mon visage dans le grand miroir baroque du salon me cloua sur place.

Oh non ! Pitié, pas ça !!! C'est trop affreux ! Je n'étais pas devenu cette abominable créature que je voyais là, aussi répugnante que terrifiante, ce monstre effroyable, sorte d'*Elephant Man* ou de Coluche, défiguré par les piqûres d'un moustique tropical dans *Banzaï* ! Impossible d'identifier ma personne au travers de cette face écarlate, boursouflée et déformée. Totalement méconnaissable !

J'étais anéanti. Sans le vouloir et sans artifices cette fois, j'avais trouvé le moyen le plus sûr pour demeurer incognito ! Même ma pauvre mère ne m'aurait pas reconnu ! Dieu merci, elle échappait à cette vision désastreuse ! Et dire que j'allais devoir affronter les regards de Charlotte et d'Esperanza !

L'instant redouté ne tarda pas à se produire. La première à descendre, mon hôtesse, marqua un temps d'arrêt, les yeux arrondis par la stupéfaction avant de s'apitoyer longuement sur mon sort. Quand Esperanza nous rejoignit, dix minutes plus tard, sa réaction fut plus directe : elle réprima un cri d'une main sur la bouche puis lâcha un tonitruant « Quelle horreur ! ». Maladresse qu'elle tenta aussitôt de rattraper. Mais le mal était fait, son propos m'avait blessé au plus haut point. Si j'avais été en état de conduire, je crois que je me serais enfui sur-le-champ. Au lieu ce cela, je dus accepter l'aide que les deux femmes me proposaient, faute d'être capable de me débrouiller seul. Le moindre geste devenait une véritable torture ; quant à m'asseoir, il en était hors de question, seule la position debout ou allongée m'autorisait un minimum de confort.

- Vous verrez, ça ira mieux demain, me dit Charlotte avec un timide sourire d'encouragement.

- Vous croyez ? lui répondis-je, sceptique.

Elle adopta un ton plus persuasif.

- Mais bien sûr. Vous n'aurez pas retrouvé votre blancheur immaculée, mais les douleurs auront disparu.

- Mais, et mon visage ? interrogeai-je avec une inquiétude non dissimulée dans la voix.

- Ce n'est qu'une question de jours. Voyons… nous sommes jeudi, on va dire que samedi ou dimanche, vous devriez avoir recouvré votre aspect habituel. Ne vous tracassez donc pas ! Vous êtes ici chez vous, personne d'autre que nous deux ne peut vous voir et nul n'en saura jamais rien.

Je soupirai longuement avant de lâcher :

- Si vous saviez comme je me sens pitoyable !

- Il ne faut pas, voyons ! Allez ! Prenez un croissant et buvez un verre de jus d'orange, vous devez vous réhydrater, fit-elle avec entrain.

Un tantinet rasséréné par ces propos réconfortants, je m'exécutai, tout en évitant de croiser le regard d'Esperanza. J'avais tellement peur d'y lire encore le dégoût et de ne plus être en mesure de le supporter ! Un silence oppressant, à peine troublé par le tintement des petites cuillères sur les parois des tasses à café, s'était soudainement installé. L'angoisse m'étreignait de nouveau. J'eus la désagréable impression d'être sur le point de rebasculer dans la dépression. Le pessimisme reprenait le dessus. Je m'interrogeais maintenant sur mes chances d'échapper à la prison et, plus j'y pensais, moins j'entrevoyais d'issue heureuse. Charlotte tenta une nouvelle fois de chasser mes idées noires :

- Jacques, il faut vous ressaisir, ce n'est pas un malheureux coup de soleil qui va vous abattre tout de même ?

Je pinçai les lèvres et tardai un moment avant de répondre.

- Non, bien entendu, je sais bien que j'y survivrai ! A vrai dire, je me tracasse pour mon devenir. Si le véritable coupable du meurtre de Putier n'est pas trouvé, il faudra bien à un moment ou un autre que je me décide à affronter la justice.

- Ne vous précipitez pas ! Vous pouvez rester ici tout le temps que vous voulez.

- Mais… et si la situation s'éternise ?

- Ce n'est pas un problème pour moi. Au contraire ! J'ai l'immense honneur d'abriter sous mon toit un des plus grands écrivains français du moment ! Qui d'autre peut s'en targuer ? Sans oublier la joie que me procure la présence de mon amie, fit-elle en se détournant vers l'intéressée.

- C'est très gentil, mais je ne voudrais pas vous causer d'ennuis, lui répondis-je embarrassé.

- Il a peut-être raison, Charlotte, intervint Esperanza. Nous ferions sans doute mieux de quitter les lieux avant que tu ne sois inquiétée.

Notre interlocutrice ouvrit grand les yeux.

- Il n'en est pas question ! objecta-t-elle avec véhémence. Si vous saviez comme j'apprécie ces moments passés avec vous ! Depuis le décès d'Yves, ma vie est devenue si banale, si réglée comme du papier à musique, c'est à mourir d'ennui ! Alors disons que notre cohabitation tient lieu d'entraide : je vous héberge et en contrepartie, vous égayez les moments pendant lesquels je me retrouve habituellement seule à la maison à errer comme une âme en peine.

Un court silence s'instaura durant lequel Esperanza chercha mon approbation du regard. J'hésitai quelques secondes, puis je finis par déclarer :

- Bon, alors c'est entendu ; pour l'instant, nous ne bougeons pas d'ici. Et je vais tâcher de ne plus penser au pire.

- Voilà qui est bien dit ! N'est-ce pas, Esperanza ?

- Oui, il faut demeurer optimiste et profiter de l'instant présent, approuva-t-elle à son tour.

Les deux femmes affichaient désormais une mine réjouie. Charlotte s'agitait en tout sens.

- Comme c'est mon jour de congé, je propose de préparer un excellent repas ! Je compte sur ton aide, Esperanza. Quant à vous, Jacques, vous devriez vous remettre à l'écriture.

Je grimaçai.

- J'aimerais beaucoup, mais je crains de ne pouvoir supporter de rester assis.

- Vous avez raison, cela risque d'être douloureux, fit-elle d'un air ennuyé.

Elle réfléchit un instant puis s'exclama :

- Attendez, j'ai une idée ! Vous allez vous installer confortablement sur la méridienne du salon : un gros coussin en guise de cale dos, les jambes allongées et votre ordinateur sur les genoux. Que dites-vous de cela ?

- Je crois que je vais suivre vos conseils, répondis-je enthousiasmé par sa proposition.

- A la bonne heure ! s'écria-t-elle, satisfaite.

- Il est vrai que dans mon état, je ne peux guère me rendre utile. J'aurais pourtant préféré vous aider, ajoutai-je poliment.

- Ne vous en faites pas pour ça, nous nous débrouillerons très bien sans vous, proclama-t-elle avec un large sourire.

Etant donné le flop de mon expérience culinaire de la veille, je n'en doutai pas un seul instant. C'est donc finalement sans regret que je me résolus à me consacrer à l'activité qui me convenait le plus. J'avais maintenant hâte de retrouver mes personnages. Mais, avant tout, il me fallait rassurer ma mère à qui je n'avais pas donné signe de vie depuis mon arrivée à Courcoury. Son inquiétude devait être à son comble, je ne pouvais pas la laisser plus longtemps dans l'angoisse. Craignant qu'elle ne soit sur écoute, je décidai de lui faire parvenir un mél dont voici le contenu :

Chère Maman,

Il me semble plus prudent de te contacter par le biais de la messagerie électronique, nos conversations téléphoniques pouvant faire l'objet de surveillances. Depuis avant-hier soir, je suis en lieu sûr en compagnie de la personne figurant sur la photo que les policiers t'ont montrée. Notre rencontre serait trop longue à t'expliquer, mais sache que c'est quelqu'un de confiance. Je suis bien logé et bien nourri, ne t'en fais surtout pas. Pour l'instant, j'ai décidé de demeurer ici. Par mesure de sécurité, tu comprendras que je préfère taire le nom de l'endroit où je me trouve.

J'espère que la police a cessé de t'importuner et qu'elle s'active pour découvrir le véritable meurtrier de Roland Putier qui doit jubiler de voir qu'on fait porter le chapeau à un autre !

Ma mise en accusation n'a heureusement pas tari ma soif d'écriture. Je dirais même qu'étonnamment, c'est l'inverse qui s'est produit : mon inspiration s'en est trouvée décuplée. Par conséquent, mon futur roman est déjà bien avancé, l'intrigue devrait te plaire et intéresser aussi mes futurs lecteurs. Si tu le souhaites, je pourrai te faire parvenir mon travail en pièce jointe dans un prochain message. Je t'abandonne pour me replonger dans mes écrits…

Prends bien soin de toi et de Suri. Je t'embrasse.

Coco.

J'ouvris ensuite le fichier contenant mon ébauche de roman et entrepris de la relire entièrement afin d'y apporter d'éventuelles modifications. J'y consacrai une bonne demi-heure avant de m'atteler à l'écriture de la suite de l'histoire. De temps à autre me parvenaient les rires joyeux de mes deux charmantes cuisinières. A mes pieds, Toscane, la chatte de Charlotte, sublime et mystérieuse, me fixait de ses grands yeux noirs pailletés d'or. Une ambiance tout à fait propice à l'inspiration d'un écrivain ! Après avoir achevé mon septième chapitre, je marquai une pause pour consulter ma boîte aux lettres. Comme je le pressentais, j'avais déjà une réponse de Maman :

Mon Coco,

Quel soulagement de te savoir à l'abri ! J'espère que tes propos ne sont pas simplement destinés à me rassurer et je compte sur cette femme que tu sembles apprécier pour te nourrir convenablement et te distraire de ton isolement. Je ne sais pas si tu as fait le bon choix en décidant de rester caché, mais je suis de tout cœur avec toi.

Je suis heureuse de savoir que, malgré tes soucis, tu parviens à garder l'envie d'écrire. Surtout continue ! Tu sais bien que c'est lorsqu'ils sont confrontés à des difficultés que les écrivains donnent le meilleur d'eux-mêmes. Tu ne dérogeras pas à la règle, j'en suis convaincue. Je suis bien impatiente de découvrir ton récit. Quant à moi, mes écrits sont en bonne voie également, tu pourrais bien avoir de la concurrence…

En ce qui concerne l'avenir, je suis confiante : la police finira bien par trouver le coupable et se repentira de son erreur. Elle ne m'a plus dérangée ; toutefois, elle effectue des patrouilles régulières autour de l'immeuble, guettant sans doute, ton éventuel retour. Mme Louveau, cette vieille peau, ne m'adresse plus la parole, mais je n'en ai cure ; les autres locataires sont restés corrects à mon égard. Quant aux journalistes qui m'abordent, ils doivent se contenter d'une phrase : mon fils est innocent !

J'aurais souhaité faire le ménage dans ton appartement, mais les scellés sont apposés sur la porte. Rassure-toi, j'ai pu récupérer Suri et nous parvenons à nous entendre. Elle est toujours aussi grasse et aussi capricieuse et ton absence ne semble pas l'affecter le moins du monde.

J'espère que tu ne souffres pas trop de la chaleur ; depuis que tu es petit, tu as toujours été sensible aux changements de température. Moi, j'évite de sortir par un temps pareil.

Tu me manques mon Coco. Donne-moi régulièrement de tes nouvelles.

Je t'embrasse bien fort.

Maman.

J'étais apaisé. Ma mère supportait apparemment relativement bien ma condamnation à l'exil et l'invraisemblance de la situation, c'était bien l'essentiel pour moi. Ou alors ne voulait-elle pas me montrer son inquiétude pour m'épargner un tracas supplémentaire ? Suffisamment affligé par mon apparence physique désastreuse et par la douleur de mes brûlures, je préférais ne pas trop m'interroger à ce sujet et m'empressai de reprendre le fil de mon histoire. Mais la concentration n'était plus au rendez-vous. Mes pensées me ramenaient à Maman. Dire qu'elle écrivait elle aussi ! Que pouvait-elle bien raconter ? Ses mémoires, m'avait-elle laissé entendre. Mais comment une vie somme toute des plus ordinaires pouvait-elle justifier l'écriture d'un livre ? Alors que je n'y avais pas prêté la moindre attention jusqu'à présent, son contenu piquait soudainement ma curiosité. En tout cas, l'apprentie écrivaine ne manquait pas d'air en prétendant vouloir me concurrencer ! Et toujours aussi sarcastique lorsqu'il s'agissait d'évoquer ma chatte ! A croire qu'elle était jalouse d'elle ! Je ne pouvais m'empêcher de les imaginer chacune dans un coin du salon en train de s'épier l'une l'autre, telles deux rivales en mal d'amour tenues de cohabiter. A moins que je me fasse des idées ? Car après tout, il était fort possible que ni l'une ni l'autre ne ressente le manque de moi. Qui peut savoir ce qui se passe dans la tête d'une mère et dans celle d'un félidé ?

Mais je m'égare... Halte-là ! Calme-toi Jacques... Tu commences à délirer grave ! Il serait temps de mettre un frein à ton imagination galopante ! Cesse ces élucubrations et lève-toi, car il n'y plus rien à tirer de ce malheureux cerveau en ébullition !

J'eus mille peines à m'extraire de mon nid douillet et, une fois debout, je me dirigeai à pas de tortue vers la cuisine. Encore quelques mètres à parcourir. Je saisissais maintenant des bribes de la conversation des deux femmes. D'abord les propos de notre hôtesse : « Tu devrais lui dire la vérité maintenant. La situation n'est plus la même qu'au début » puis la réponse d'Esperanza, ferme et catégorique : « Non, je ne dirai rien ; je dois tenir mon rôle jusqu'au bout ».

J'accélérai le pas autant qu'il m'était possible tout en tendant davantage l'oreille. J'étais maintenant tout près d'elles et je les entrevoyais même par l'embrasure de la porte. Quand soudain Charlotte se leva pour s'emparer d'un plat posé sur le buffet et m'aperçut.

- Oh, Jacques ! Vous avez fini d'écrire ? s'écria-t-elle.

- Euh… oui, je sature, bredouillai-je d'un air idiot.

- Alors venez vite nous rejoindre, fit-elle en me facilitant le passage.

- Vite, ce sera difficile !

- Oh, excusez-moi ! Quelle idiote !

Je m'introduisis alors dans la pièce, dissimulant mon trouble. Les mots entendus s'entrechoquaient dans ma tête :

…La vérité… quelle vérité ? Une situation différente ? Un rôle ? Que pouvaient bien vouloir signifier ces paroles étranges et me concernaient-elles ?

11

- Allez Jacques, faites-moi plaisir, reprenez un peu de poisson !

- Non, je vous remercie. C'est succulent, mais je me suis déjà suffisamment empiffré ; si je continue, mon estomac risque à nouveau de faire des siennes.

- Vous goûterez tout de même au dessert que nous concocte Esperanza ?

- Oui, mais avec modération et uniquement par pure gourmandise !

Je m'efforçais d'adopter une attitude normale, mais les mots entendus juste avant continuaient à caracoler dans mon esprit. Impossible alors de m'empêcher de subodorer un lourd secret entre mes deux voisines de table et, plus terrible, j'étais désormais intimement persuadé en être l'objet. Mais quel était-il donc, ce secret ? Qu'est-ce qu'Esperanza avait bien pu confier à son amie ? « Un rôle » : c'était le terme qu'elle avait employé, « Un rôle à tenir jusqu'au bout ». J'avais beau m'échauffer les synapses, je n'avais vraiment aucune idée du sens à donner à ces propos. Ma protégée n'en avait-elle pas encore fini avec ses mensonges ? A quoi cela rimait-il ? Ce nouveau rebondissement m'obsédait et m'obligeait à analyser la situation sous un nouvel angle.

Esperanza déposa devant moi une coupe de glace des

plus réussies. Au même moment, une hypothèse terrifiante me traversa l'esprit :

Et si la rencontre avec ma belle inconnue n'était pas le fruit du hasard ? Avait-elle avait un lien avec l'affaire Putier ? Tout cela n'avait-il pas été orchestré dans le but de me nuire, de me faire accuser du meurtre de l'animateur ? Ce visage angélique et ce corps de déesse n'étaient-ils pas destinés à m'appâter pour mieux m'embobiner ? Les idées les plus folles me passaient maintenant par la tête. Impossible de les réfréner. Je me sentais tout à coup si mal que j'étais sur le point de défaillir lorsque l'insaisissable Esperanza interrompit ce début de panique incontrôlable :

- Alors Jacques, cette glace ? me demanda-t-elle d'un sourire enjôleur.

Pris au dépourvu, je bafouillai l'air hagard :

- Euh... excellente.

- Vraiment ? Mais vous l'avez à peine entamée ! Que devez-vous penser de Charlotte et moi qui l'avons engloutie en moins de deux ? ajouta-t-elle, la mine gourmande.

- Oh... rien du tout, répondis-je, totalement hébété et, par conséquent, incapable de formuler de réponse plus élaborée.

Et de m'empresser de baisser la tête pour reprendre in petto le fil de mon alarmante réflexion :

...Et Charlotte ? N'en faisait-elle pas un peu trop ? Cet accueil chaleureux, cette gentillesse incarnée, ce perpétuel sourire...

...COMPLICES ! Mais oui ! Evidemment !!! Pourquoi n'y avais-je pas songé plus tôt ? Charlotte et Esperanza étaient de mèche ! Elles complotaient dans mon dos. Et dire que j'avais assuré Maman de ma sécurité ! La personne qu'Esperanza avait voulu joindre par téléphone sur le port, c'était sûrement Charlotte ! Ah, elles s'étaient bien foutues de moi toutes les deux ! Et, naïf, j'avais plongé la tête la première ! Je réalisai avec effroi que j'étais à leur merci dans cette maison isolée et dépourvu des capacités physiques qui m'auraient permis de m'enfuir. Qu'allaient-elles faire de moi ? Sous leurs airs affables, ne tramaient-elles pas des desseins machiavéliques ? Un frisson me parcourut le corps et un rictus nerveux agita mes lèvres desséchées.

Soudain, la voix d'Esperanza me transperça de nouveau :

- Jacques ! Jacques ! répéta-t-elle. Que se passe-t-il ?

Je réussis difficilement à m'extraire de ma torpeur pour marmonner :

- Euh...je crois que... je vais retourner m'allonger, je ne me sens pas très bien.

- Attendez, je vais vous aider, dit-elle en se levant prestement de sa chaise.

- Non, je vais me débrouiller seul, répliquai-je sèchement.

Mon interlocutrice se rembrunit, accusa le coup et jeta ensuite un œil surpris vers son amie. Pas un mot de la part de Charlotte qui ne devait pourtant pas manquer elle aussi de s'interroger sur les raisons motivant ce brutal changement de ton.

Je ne leur accordai pas le moindre regard, me contentant de regagner cahin-caha l'autre pièce, pour finir par m'affaler sur la méridienne. Et je restai allongé à me morfondre et à échafauder les pires scénarios, essayant de recoller les morceaux du puzzle pour comprendre comment j'avais pu en arriver là. J'ai dû me tourmenter ainsi pendant plusieurs heures, jusqu'à ce que des cris de joie me sortent enfin de ce cauchemar éveillé.

Charlotte déboula dans le salon comme une furie :

- On a retrouvé l'assassin de Putier ! hurla-t-elle, en agitant les bras en moulinets.

- Qu'est-ce que vous dites ? balbutiai-je, incrédule.

Elle trépignait de joie et ses yeux brillaient d'émotion.

- Vous n'avez plus à vous en faire Jacques : on vient d'entendre à la radio que le meurtrier de Putier, ou plutôt la meurtrière, puisqu'il s'agit d'une femme, a été arrêtée, m'expliqua Esperanza qui venait de nous rejoindre, tout aussi excitée.

- Une femme ?

- Oui, une certaine Stéphanie Hou...

- Hourra ? Stéphanie Hourra ?

- Oui, c'est ça ! Une de ses chroniqueuses. Il voulait la virer et elle s'est vengée.

- Vous êtes certaines d'avoir bien compris ? demandai-je, sceptique.

- Mais oui. Pourquoi en doutez-vous ?

- Eh bien, c'est que... c'est tellement... inattendu, bredouillai-je d'un air ahuri.

- Vous êtes entièrement mis hors de cause ! Ce qui signifie que vous n'irez pas en prison ! s'écria Charlotte en m'attrapant promptement par les épaules.

Je laissai échapper un hurlement de douleur. Mon hôtesse, ayant subitement pris conscience de sa maladresse, enfouit son visage dans ses mains :

- Oh, je suis confuse ! Pardonnez-moi, dans l'euphorie, j'en ai oublié vos coups de soleil !

- Mais vous êtes toute pardonnée ! Après ce que vous venez de m'apprendre !

Son visage s'éclaira de nouveau.

- Je vous promets de faire attention à l'avenir ! Car j'espère bien pouvoir encore profiter de vous quelque temps. Je vous en prie, dites-moi que vous allez rester encore un moment ! supplia-t-elle en joignant les mains.

- Eh bien, je pense qu'un jour ou deux ne seront pas de trop pour me requinquer avant mon retour dans la capitale. Et je n'ai de toute façon pas l'intention de me ridiculiser en me montrant dans l'état où je suis !

- Vous avez raison, mieux vaut éviter de vous afficher tant que vous n'avez pas recouvré votre physique habituel. Ces rapaces de paparazzis se feraient un malin plaisir de vous épingler et vous vous retrouveriez en couverture de tous les magazines.

- Avec cette face de Quasimodo, on pourrait cette fois supposer que je suis atteint d'une maladie grave !

- Je vais tout faire pour vous aider à vous remettre sur pied ! ajouta-t-elle d'un air déterminé.

- C'est vraiment gentil de votre part, fis-je particulièrement gêné par le fait que j'aie pu douter de son intégrité morale.

Honte à moi d'avoir élucubré de telles supputations à l'égard de sa si charmante personne ! Sans parler d'Esperanza que j'avais encore une fois osé associer à mes divagations ! Quel soulagement pour moi de savoir qu'elle n'avait rien à voir avec la mort de Putier ! Comment avais-je pu nourrir de tels soupçons ? Les ardeurs du soleil sans doute ! Ma cervelle surchauffée m'avait fait perdre la raison !

Je détournai le regard vers celle qui faisait battre mon cœur et lui adressai un timide sourire. Ah, comme j'aurais aimé, à cet instant, pouvoir me précipiter vers elle, la prendre dans mes bras et lui déclarer ma flamme ! Peu m'importait désormais de ne pas avoir d'explication concernant les mots qu'elle avait prononcés qui, vraisemblablement, ne me concernaient pas. Liberté retrouvée et confiance rétablie, voilà tout ce qui comptait désormais ! Je n'étais en effet plus obligé de me cacher, je pourrai bientôt circuler à ma guise, sans crainte du cachot. Et j'avais bien l'intention de courtiser Esperanza dès que mon état le permettrait. Du bonheur en perspective ! « Maman ! » m'écriai-je en me redressant subitement. Il faut que je l'appelle !

- Charlotte, s'il vous plaît, passez-moi le téléphone, ordonnai-je, ragaillardi par la perspective de cet avenir prometteur.

Elle s'exécuta, puis s'en retourna dans la cuisine avec Esperanza.

- Maman ?

- Coco !

- Tu as écouté les informations ?

- Oui, la meurtrière de Putier a été arrêtée. Stéphanie Hourra ! Non mais, tu te rends compte ! Elle prétendait être sa meilleure amie ! J'étais loin d'imaginer que c'était elle !

- Sa personnalité m'a toujours déplu, mais, en dépit du fait que je ne la portais pas dans mon cœur, je ne pouvais pas non plus la croire capable d'un tel geste !

- Mais dis-moi, comment vas-tu ? Tu dois être tellement soulagé !

- Oui, tu penses bien.

- Quels sont tes projets maintenant ?

- Je compte regagner Paris d'ici quelques jours.

- Tu ne retournes pas à la villa ?

- Non, après tous ces événements, je n'en ai plus envie.

- Mais, et ton livre ?

- J'y travaille, ne t'inquiète pas et j'ai bien l'intention de le poursuivre une fois de retour dans mon appartement.

- Quand rentres-tu exactement ?

- Sans doute dans deux ou trois jours.

- Ah…

Son manque d'enthousiasme me surprit.

- Tu vas pouvoir de nouveau serrer ton fils chéri dans

tes bras ! lui déclarai-je d'un ton enjoué.

Pas de réaction. Elle finit pourtant par dire, manifestement gênée :

- Eh bien... c'est que je ne serai pas là.

- Mais où seras-tu donc ? interrogeai-je en fronçant les sourcils.

- Je pars quelques jours en vacances avec une amie.

- En vacances ? Mais tu ne pars jamais en vacances ! m'écriai-je, stupéfait.

- Justement, je me suis dit qu'il était peut-être temps de changer les choses.

Je marquai un temps d'arrêt avant de marmotter :

- Qui est cette amie ?

- Euh... quelqu'un de très sympathique. J'ai fait sa connaissance sur Internet.

- Quoi ? Mais Maman, comment peux-tu partir avec une inconnue ?

- Ce n'est pas une inconnue, il s'agit d'une personne veuve elle aussi et nous correspondons depuis plusieurs mois.

- C'est donc une inconnue puisque tu ne l'as jamais rencontrée ! Et pourquoi ne m'en as-tu pas parlé ? poursuivis-je, exaspéré.

- Je ne suis pas censée tout te dire tout de même ! J'ai passé l'âge de rendre des comptes. Toi non plus tu ne me racontes pas tous tes faits et gestes !

- Voyons, ce n'est pas la même chose, Maman ! objectai-je avec véhémence.

- Et pourquoi donc ? répliqua-t-elle sèchement.

Sa question me déstabilisa un instant. Je m'efforçai de garder mon calme et déclarai d'un ton radouci :

- Eh bien, j'ai le devoir de veiller sur toi. Il me semble normal que, les parents ayant atteint un certain âge, les enfants s'en occupent à leur tour.

- A t'entendre on pourrait croire que je suis une vieille mère gâteuse !

- Bien sûr que non ! Je sais bien que tu as toute ta tête. Je suis seulement inquiet pour ta sécurité. Les gens de ton âge sont souvent plus vulnérables que les autres et certains individus mal intentionnés le savent bien. As-tu songé que cette inconnue pourrait être l'une de ces personnes malveillantes, prêtes à détrousser des femmes seules comme toi ? Qui sait s'il ne s'agit pas de quelqu'un qui aurait choisi Internet comme terrain de chasse !

- Ton imagination d'auteur t'égare mon chéri !

- Ecoute, je te demande seulement d'attendre mon retour avant de te décider.

- Impossible. Les billets d'avion sont achetés et tu ne me feras pas changer d'avis !

- Les billets d'avion !!!

- Oui, nous envolons demain à l'aube pour Venise. J'ai toujours rêvé d'y aller.

- Demain ! Maman, je t'en conjure, sois raisonnable et renonce à partir !

- Il n'en est pas question ! J'ai bien l'intention de prendre du bon temps. Bon maintenant, je vais te laisser car je dois terminer de préparer mes valises. Sois prudent en rentrant. Je t'embrasse.

Et, à ma grande stupéfaction, elle raccrocha avant que j'aie pu rajouter le moindre mot. Qu'est-ce qui lui prenait ? On aurait dit une adolescente en pleine crise ! Moi qui croyais en avoir fini avec les tracas, voilà maintenant que j'étais confronté à la rébellion de ma propre mère.

Esperanza surgit de nouveau dans la pièce.

- Un problème avec votre Maman ? me demanda-t-elle.

- Elle a décidé de partir en voyage à Venise, répondis-je

l'air dépité.

- Et alors ?

- Ma mère ne part jamais en vacances ! Et puis… si loin de chez elle.

- N'exagérez pas, voyons ! Venise, ce n'est pas le bout du monde ! Vous devriez plutôt vous réjouir pour elle ! Il est grand temps, à son âge, de profiter de la vie !

- Peut-être… mais… cette histoire de vacances est si… inattendue ! Et puis, vous comprenez, après lui avoir annoncé mon retour sur Paris, je pensais qu'elle aurait envie de me revoir et qu'elle n'hésiterait pas à annuler son séjour.

Mon interlocutrice me fixa intensément avant de susurrer :

- Je ne voudrais pas vous vexer Jacques, mais au fond qu'est-ce qui vous chagrine le plus ? Son départ ou le fait qu'elle ne soit pas là pour vous accueillir ?

Dérangé par la question, je la considérai un moment avant de me résoudre à répondre :

- Oui, vous avez sans doute raison, mon amour-propre a dû en prendre un sérieux coup ! Je ne suis au fond qu'un enfant gâté qui ne s'est jusqu'à présent guère soucié d'autre chose que de sa propre personne. Ma mère a bien le droit de se distraire.

- Voilà qui est mieux ! Vous allez maintenant arrêter de vous faire du souci et vous détendre.

- Oui, me détendre. C'est ça, répétai-je, perplexe.

- Je vous sers une bière, fit-elle en repartant vers la cuisine.

Charlotte qui venait de nous rejoindre proposa, quant à elle de me remettre de la Biafine sur le visage. Tandis qu'elle me tartinait délicatement, une pensée me traversa l'esprit : « Mais et Suri, qui allait s'occuper d'elle pendant l'absence de Maman ? »

12

J'écrivis tout l'après-midi, calfeutré dans la bâtisse, appréciant à juste raison la fraîcheur du salon, garantie par l'épaisseur de ses murs en pierres de taille jointées à la chaux. A l'inverse, les femmes se livraient sans retenue à la chaleur étouffante du dehors, s'éclaboussant dans la piscine ou lézardant des heures durant sur le matelas douillet de leur chaise longue. Très loin de leurs pensées, la crainte d'affronter l'astre brûlant, ce traître qui m'avait fait durement payer mon exposition prolongée de la veille.

Par moments, j'interrompais mon travail, me redressais tant bien que mal, puis gagnais lentement la cuisine où j'ingurgitais un grand verre d'eau glacée tout en observant discrètement les deux naïades par le ravissant oculus que Charlotte avait elle-même encastré au dessus de l'évier. De véritables amies, ces deux-là ! Ça se voyait comme le nez au milieu de la figure ! Je me surprenais à envier cette belle amitié, rarissime chez les hommes, ou tout du moins si différente des relations instaurées par les femmes entre elles. Incapacité à nous dévoiler, pudeur des sentiments, crainte de perdre la face : nous préférions, nous les « mâles », ne pas dépasser le stade « communication de base », nous limitant aux bonnes vieilles blagues de potaches ou aux commentaires enflammés sur les matchs de foot. Attitude qui, à coup sûr, nous privait d'un truc formidable.

Est-ce pour cette raison que j'avais décidé, pour la première fois de ma vie d'auteur, d'attribuer le sexe féminin à mon personnage principal ? Allez savoir ! Cette idée ne m'avait même jamais effleuré avant. Chacun de mes précédents romans se trouvait invariablement flanqué d'un insupportable macho, doublé d'un séducteur invétéré, un pauvre type somme toute à mon image, du moins avant ma rencontre inattendue avec cette délicieuse créature qui, par je ne sais par quel formidable tour de passe-passe, était parvenue à remettre en cause mes convictions profondes. Bel et bien mort, l'affreux jojo qui m'habitait encore quelques jours plus tôt. Je ne voulais plus jamais avoir affaire à lui ! J'étais devenu un autre homme et j'éprouvais soudain le besoin profond de m'intéresser à la gent féminine sous un jour nouveau.

Et c'est ainsi que Jacques Mervan s'était peu à peu glissé dans la peau de son héroïne, devenant Esperanza, sa chair, son souffle, son âme… Au fil des pages, il ne vivait plus qu'à travers elle, persuadé d'avoir enfin percé la véritable nature des femmes.

Cette soif de changement ajoutée à ma sérénité retrouvée m'avait fait pousser des ailes ; j'écrivais avec une facilité déconcertante, d'une plume si alerte que mes doigts semblaient guidés par une puissance divine. Je n'étais ni plus ni moins qu'en état de grâce ! Au fur et à mesure de mon avancée, tout s'imbriquait parfaitement. Il me suffisait de relater ce que je venais de vivre ces derniers temps et d'y incorporer les éléments extérieurs aptes à enrober le tout. Il était dix-neuf heures et pas moins d'une bonne quarantaine de pages venaient miraculeusement de s'ajouter à mes précédents écrits. Mieux encore, je savais que je n'y apporterais pas la moindre retouche ; chaque mot, chaque idée, chaque virgule même avait su trouver sa place comme par enchantement. Jamais encore pareille situation ne m'avait été offerte. Au contraire, d'ordinaire, la tâche s'avérait rude et laborieuse. S'instaurait un véritable combat entre les mots et les idées qui fusaient puis se télescopaient parfois pendant des heures pour finir par s'embrasser enfin. « *Ecrire, juste écrire, passer des nuits, des jours, encore des nuits, sur mon établi de mots, à faire que la pâte lève, que la forme vienne et que mes petites colonnes de signes tiennent à peu près debout* », a écrit un illustre confrère dans l'un de ses derniers ouvrages*. Et voilà que pour moi, aujourd'hui, tout devenait tellement plus facile ! Cette sensation de légèreté, de flottement, de liberté... cette symbiose parfaite entre la langue et la pensée.

Au fil des pages, je voyais grandir mon œuvre, celle qui, j'en avais la totale conviction, ferait date dans ma vie d'auteur, celle qui me hisserait au firmament…

Sans nul doute rien que de belles paroles pour mes détracteurs qui, face à de tels propos, ne manqueraient pas de sourire d'un air à la fois goguenard et courroucé. Et je pouvais même deviner leurs pensées : « N'en a-t-il pas déjà eu assez ? N'a-t-il pas suffisamment reçu de prix littéraires ? Pour qui se prend-il à la fin ? Le Dieu suprême des écrivains ? L'homme du siècle ? Le génie incarné ? » Ils pouvaient pourtant dès maintenant cesser de me brocarder, car le triste sire à l'ego surdimensionné était mort et enterré ! Oui, j'ose le proclamer avec le plus grand sérieux : je ne suis plus le même ! Non, je n'attends aucunement d'être propulsé au rang d'écrivain pour l'éternité. Fini le temps où les lauriers m'intéressaient au plus haut point. A cette époque, pas très lointaine d'ailleurs, en être couvert me flattait et alimentait considérablement mon compte en banque. Désormais gloire et argent ne font plus partie de mes priorités. Terminée cette

* *Ennemis publics* : Bernard-Henry Levy dans l'ouvrage qu'il a rédigé avec Michel Houellebecq

vie de patachon, insipide et dénuée de tout sens. J'aspire à tout autre chose et je ne craindrai pas de l'annoncer urbi et orbi via les médias dès mon retour dans la vie publique. Mais quoi donc ? vous demandez-vous avec une curiosité bien justifiée. Eh bien, je vous l'annonce tout de go :

Je veux enfin découvrir mon moi profond, cheminer vers la sagesse et, pourquoi pas, atteindre mon acmé, vous savez, cette plénitude censée vous tomber dessus aux environs de la quarantaine… Et pour tout vous dire, je suis convaincu que je vais finir par la toucher bientôt du doigt…

Depuis quelques minutes, des bruits de casserole indiquaient que Charlotte et Esperanza avaient réinvesti la cuisine. Les effluves d'un bon dîner ne tardèrent pas à me chatouiller les narines. Ce soir, je comptais bien me rattraper de mes maladresses du déjeuner en honorant les bons petits plats de mes compagnes et en les comblant de louanges. Et puis, demain, promis, j'apporterai moi aussi ma contribution. Il n'était pas trop tard pour apprendre et, avec Esperanza comme professeur, ma formation était assurée.

Je me levai cette fois-ci avec une relative aisance et constatai avec satisfaction que mes douleurs avaient quasiment disparu. Ma démarche n'était plus celle d'un vieillard et la perspective de me retrouver assis à côté de la femme que je convoitais me comblait d'aise. Tout allait enfin pour le mieux dans le meilleur des mondes !

La table était dressée à l'extérieur. Quelle joie de mettre enfin le nez dehors ! Charlotte avait eu la délicatesse de m'attribuer la chaise la plus confortable et Esperanza n'était pas en reste pour prendre soin de moi. Je mangeai cette fois-ci de fort bon appétit et pris part à la conversation avec un plaisir ostensible, n'hésitant pas à ponctuer mes interventions d'une bonne dose d'humour. Nos rires généreux résonnaient dans la campagne avoisinante, crevant le silence ambiant. Par-delà le jardin, rien que des champs à perte de vue. On se serait cru les seuls habitants du hameau. Jamais encore il ne m'avait été donné de vivre un moment aussi harmonieux. Ô félicité, quand tu nous tiens ! Délices de sensations ! Cette légèreté, cette volupté, cette exaltation ! Je me prélassais sur un nuage de bien-être. C'était comme si j'avais pénétré un univers de rêve : j'étais le personnage d'une toile de Monet et je découvrais le monde dans toute sa splendeur, simple et sucré, comme cette sublime mousseline d'écrevisse qui me ravissait le palais… je venais de croquer un bonbon au parfum du bonheur !

Quel contraste avec mes soirées déjantées en boîte de nuit ! Comment avais-je pu me satisfaire des années durant de tous ces faux-semblants : cet abrutissement de lumières artificielles et de musiques assourdissantes, ces créatures de pacotille que je draguais sans retenue, le verre à la main et le nez plongé dans leur décolleté siliconé, ces litres d'alcool dans lesquels je me noyais régulièrement et toute cette bande de rapaces autour de moi qui savaient s'y prendre pour profiter de mes largesses ?

J'avais enfin compris. La vraie vie, elle était là, autour de cette table : un bon repas, un éclat de rire, les yeux d'Esperanza… Sa main frôla la mienne puis agrippa son verre, le souleva avec grâce et le porta à ses lèvres gourmandes. Puis elle l'appuya contre sa joue, me fixa de son regard de braise et dégagea ses cheveux d'un geste enfantin. Il me sembla, à cet instant précis, ne jamais avoir rien vu d'aussi beau. Quand Charlotte rompit soudainement le charme :

- Que diriez-vous d'aller faire un tour dans les marais ?

- Oh oui ! s'enthousiasma Esperanza.

- Vous sentez-vous capable de marcher Jacques ?

s'enquit mon hôtesse, avec une pointe d'inquiétude dans la voix.

La réponse fusa :

- Oui, oui. Je me porte nettement mieux et je trouve l'idée très séduisante.

La chirurgienne-dentiste afficha un large sourire de satisfaction, découvrant deux belles rangées de dents nacrées parfaitement alignées, à faire pâlir d'envie tous ses patients.

- Bon, alors partons sans attendre ! Je débarrasserai la table plus tard. Je vous propose de couper à travers champs et de rejoindre la Charente, dit-elle ensuite. Et elle ajouta avec de grands yeux émerveillés : « Vous allez voir, à la tombée de la nuit, c'est magique ! »

Notre trio s'aventura gaiement dans les prés, puis longea les berges de la rivière. Charlotte n'avait en rien exagéré ; il ne me fallut guère de temps pour être conquis par les lieux et je m'empressai de lui en faire part :

- Vous savez, je troquerais bien mon habit d'écrivain pour celui de poète afin de louer la féerie du site.

- Votre statut d'auteur vous y autorise déjà. René Guillot, l'auteur de *Crin blanc*, originaire de Courcoury a vanté les beautés du village dans l'un de ses romans jeunesse*. Il le débute en ces termes : « Ce que je veux conter ici ce sont mes souvenirs et aussi les légendes du coin de terre où je suis né. C'est en Saintonge, à Courcoury, un pays dont le nom chante : « Courez, courez, ruisseaux » et qui se tient entre bois et marais, au creux du val de Charente. »

- Je comprends tout à fait son intérêt. Cet endroit est captivant.

- C'est mon petit paradis et je ne le quitterais pour rien

---

* *Le chevalier sans visage*

au monde. Vous voyez ce ponton de bois où est arrimée une vieille barque ? m'indiqua-t-elle en pointant le doigt vers sa direction. C'est là que nous venions nous ressourcer, Yves et moi. Depuis sa mort, j'y reviens seule, mais je sens sa présence. Son âme se promène derrière les grands arbres. Elle veille sur moi et m'encourage à poursuivre ma route.

Un héron gris cendré s'éleva soudain dans le ciel, fendant l'air de son envol gracieux. Puis, au milieu des roseaux, un léger clapotis se fit entendre auquel succédèrent d'autres sons étranges, laissant deviner la faune grouillante des eaux profondes. Un souffle de vent agitait discrètement les feuilles des arbres et colportait des odeurs suaves. Le soleil couchant irradiait maintenant les cieux d'un orangé sublime qui se reflétait dans le gigantesque miroir de la Charente.

Nous nous assîmes sur le ponton pour contempler Dame Nature dans toute sa splendeur.

La nuit tomba. Soudain, deux grands yeux lumineux s'affichèrent dans le noir. Toscane venait de nous rejoindre. Elle s'installa droite et fière à nos côtés, les oreilles dressées et la queue enroulée autour de ses pattes. Nous formions une drôle d'équipe ! On aurait dit les héros d'un roman d'Enid Blyton, plongés dans une enquête mystérieuse au fin fond de la campagne saintongeaise. Mon âme d'enfant venait de ressurgir tandis que mon cœur d'homme guidait ma main vers celle d'Esperanza. Elle ne la repoussa pas et tout mon être en fut transporté de joie.

A ce moment-là, un faisceau de lumière creva l'encre de la nuit et la voix de Charlotte s'éleva dans l'air, sobre et puissante :

Que le soleil est beau quand tout frais il se lève,
Comme une explosion nous lançant son bonjour !
- Bienheureux celui-là qui peut avec amour
Saluer son coucher plus glorieux qu'un rêve !

Je me souviens ! J'ai vu tout, fleur, source, sillon,
Se pâmer sous son œil comme un cœur qui palpite...
- Courons vers l'horizon, il est tard, courons vite,
Pour attraper au moins un oblique rayon !

Mais je poursuis en vain le Dieu qui se retire ;
L'irrésistible Nuit établit son empire,
Noire, humide, funeste et pleine de frissons ;

Une odeur de tombeau dans les ténèbres nage,
Et mon pied peureux froisse, au bord du marécage,
Des crapauds imprévus et de froids limaçons.

Nous restâmes quelques instants silencieux, hésitant à rompre le charme, grisés par les mots, puis je m'adressai à Charlotte :

- Alors, comme ça vous aimez Baudelaire ?

- Pas vous ?

- Si, c'est même mon poète préféré. Et ça vous arrive souvent de déclamer ses vers en pleine campagne ?

- Après avoir inspecté des bouches toute la journée, je m'octroie parfois ce genre d'activité, parfaite pour décompresser. Cette communion entre la nature et la poésie me procure le plus grand bien : à la fois une détente et un enivrement. Vous devriez essayer ! Il ne faut pas laisser les écrits dormir dans les livres ! Ils sont faits pour faire vibrer nos oreilles. Et rien de tel que cet écrin de verdure pour les mettre en valeur. Vous ne croyez pas ?

- Vous avez parfaitement raison. Vous me faites vivre un moment inoubliable ! Vous êtes vraiment une personne surprenante, Charlotte ! Quant à m'essayer à réciter des vers, c'est très tentant je l'avoue mais, dans mon appartement parisien, l'effet produit serait loin d'être le même !

Elle me sourit puis demanda :

- Souhaitez-vous encore écouter quelques vers du poète maudit ?

- Avec grand plaisir.

Elle redirigea sa lampe torche vers son livre et entama, avec la même profondeur dans la voix, la lecture d'un autre poème.

La voûte céleste scintillait de mille feux, les yeux tachetés d'or de Toscane fixaient toujours la rivière et ma main n'avait pas quitté celle d'Esperanza. Un moment inoubliable oui, que j'aurais aimé prolonger le plus tard possible ! Mais notre amie dentiste se devait d'être en forme le lendemain matin afin de dispenser les meilleurs soins à ses patients, ce qui impliquait pour elle de se coucher à une heure raisonnable. Alors nous abandonnâmes notre havre de paix pour regagner tranquillement la maison, agrippés les uns aux autres de façon à éviter de trébucher sur un obstacle invisible, les prés regorgeant de souches et d'ornières.

Charlotte promenait sa lampe tour à tour dans la cime des arbres et plusieurs mètres devant nous. Un chien aboyait dans le lointain et on entendait aussi le cri d'une hulotte, mêlé aux stridulations des grillons. Nous avancions lentement et sans un mot, conscients de partager là de précieux moments. Nous distinguions maintenant l'immense découpe du toit de la propriété dans la nuit à peine éclairée par un fin croissant de lune. Tout à coup, un lièvre déboula d'un talus, provoquant une frayeur commune, vite balayée par un éclat de rire. Ce monde nocturne était décidément très différent de celui que j'avais connu jusqu'à présent !

Nous sirotâmes une tisane à la menthe avant de monter nous coucher. Une fois dans ma chambre, je m'appliquai à relater cette escapade des plus singulières qui se devait de figurer dans mon roman. Si j'avais pu imaginer, quelques jours plus tôt, que j'allais me retrouver à gambader dans les prés en pleine nuit, avec deux charmantes inconnues et une chatte égyptienne ! Et puis je me couchai, la tête encore pleine d'étoiles. Mon cœur cognait fort et résonnait partout à l'intérieur à la pensée de me retrouver seul avec Esperanza le lendemain.

13

Je me réveillai d'humeur guillerette. A peine le pied posé par terre, je m'imaginais déjà contant fleurette à Esperanza ; un rêve des plus agréables m'ayant d'ailleurs donné un avant-goût de la scène. Allait-il devenir réalité ?

Dans la cuisine, personne. Le café fumait encore. Charlotte venait sans doute de partir. Je n'avais rien entendu. Toscane montra le bout de son nez derrière la baie vitrée, quémandant son ouverture à coups de miaulements répétés. Aussitôt à l'intérieur, elle fila comme une flèche vers sa gamelle et la vida en un temps record. Elle gagna ensuite sa place habituelle, une petite chaise d'enfant en rotin où elle se lova douillettement pour s'endormir dans la foulée. De nouveau, je me demandai qui s'occupait de Suri pendant l'absence de ma mère. Ma pauvre chatte ! Abandonnée deux fois ! Espérons qu'elle ne m'en tiendrait pas rigueur. Puis je songeai à Maman, qui, en ce moment, découvrait la Sérénissime. L'idée de m'y rendre aussi, accompagné d'Esperanza, s'infiltra délicieusement dans mes pensées : je nous imaginais blottis l'un contre l'autre dans une gondole, sillonnant des heures durant l'entrelacs des canaux, nous délectant de toutes les merveilles de la Cité des Doges avec notre amour tout neuf comme toile de fond. Et si je lui proposais ce voyage dès ce matin, après lui avoir déclaré ma flamme ? Elle ne manquerait sûrement pas d'apprécier. Il nous suffirait de prendre le premier avion et, une fois sur place, de nous laisser bercer par le charme vénitien. Oui, c'était vraiment une excellente idée, romantique à souhait, à laquelle aucune femme ne pourrait résister !

Galvanisé par cette réjouissante perspective j'ingurgitai deux cafés à la suite, puis je filai sans plus tarder dans la salle de bains où je constatai avec un vif soulagement que mon visage avait repris figure humaine. Tout en chantonnant, je me frictionnai avec entrain sous la douche, puis je me pomponnai jusqu'à ce que le miroir me renvoie une image à peu près présentable. Je me livrai ensuite avec frénésie à une simulation de déclaration d'amour. On aurait dit un adolescent sur le point d'affronter son premier rendez-vous galant : mal assuré, mais déterminé à parvenir à mes fins ! En sortant, je passai devant la chambre d'Esperanza et constatai que la porte était ouverte. Les battements de mon cœur s'accélérèrent. Mon émotion était à son comble.

Aucune trace de ma promise au rez-de-chaussée, ni à l'extérieur de la maison. J'avais beau inspecter les pièces de fond en comble, rien ! Mais où diable se cachait-elle ? Je tentai tant bien que mal de réfréner mon impatience mais, au bout d'un moment, l'attente devint insupportable. Je regagnai l'étage à la hâte et appelai, sans plus de succès. Où était-elle donc passée ? Certes la maison était grande, mais, si elle s'y trouvait, elle aurait dû m'entendre. Peut-être avait-elle eu envie de faire un tour dans le village ? Après tout, à la villa, il lui était bien arrivé de sortir sans m'en avertir. Ou alors elle avait décidé de profiter de la voiture de Charlotte pour se rendre avec elle à Saintes, histoire de se changer les idées. Le téléphone n'allait peut-être pas tarder à sonner pour confirmer cette dernière hypothèse. Mais pourquoi tout ne se passait-il pas comme je l'aurais souhaité ?

Une heure s'écoula, puis deux. Toscane dormait toujours paisiblement tandis que je tournais comme un lion en cage, les yeux rivés sur la pendule. Cette absence inexpliquée commençait sérieusement à m'inquiéter. Un mauvais pressentiment pointait même le bout de son nez. Je ne pouvais plus rester là les bras croisés.

Je me ruai dans l'escalier puis dans la chambre d'Esperanza. Désappointement, que dis-je, effondrement ! Tous ses effets personnels avaient disparu. Elle avait même retiré ses draps. Pas de doute, elle était bel et bien partie ! Mais qu'est-ce qui lui avait pris ? Je cherchai désespérément trace d'un écrit dans la pièce, puis dans la cuisine et dans le salon. Mais rien qui puisse justifier cette brutale disparition. Je ne comprenais plus. Une sourde angoisse m'étreignait la poitrine. La femme de ma vie venait-elle de me filer entre les doigts ? Car, même si je refusais de l'admettre, ce départ avait tout l'air d'une fuite. Mais POURQUOI ?

Une horrible réponse me laminait le cerveau : elle ne voulait pas de moi ! Voilà tout ! Je devais me faire une raison. Certes, elle n'avait pas cherché à dégager sa main de la mienne durant cette nuit magique, mais peut-être n'avait-elle pas osé, de peur de me blesser ? J'étais sans doute allé un peu vite en besogne en interprétant cela comme un gage de ses sentiments à mon endroit. Craignant que je lui dévoile les miens aujourd'hui, elle avait préféré prendre la poudre d'escampette. Après tout, je l'avais bien mérité ! me fustigeai-je sans complaisance. Ce n'était qu'un juste retour des choses. Combien de fois avais-je moi-même abandonné mes conquêtes au petit matin, sans laisser de trace et sans remords aucun ?!

Je me raccrochai pourtant à un dernier espoir. Lequel ?

Je n'en avais pas la moindre idée. Mais une personne pourrait certainement m'éclairer : Charlotte ! Oui ! J'allais lui téléphoner. C'était la meilleure chose à faire. Esperanza ne pouvait pas avoir quitté les lieux sans prendre congé de son amie.

Sans plus tarder, je m'emparai du combiné et composai le numéro que notre hôtesse avait pris soin de nous laisser, à Esperanza et moi, dès le premier jour de notre arrivée chez elle. Une voix monocorde réceptionna mon appel :

- Cabinet dentaire Mineur.

- Bonjour Madame.

- Bonjour Monsieur.

- Je souhaiterais parler à Mme Mineur, s'il vous plaît.

- Je suis désolée, mais Mme Mineur est en consultation. Voulez-vous que je lui transmette un message ?

J'hésitai un instant avant de bredouiller :

- Euh… non. Dites-moi seulement à quelle heure se terminent les consultations ?

- A midi trente, Monsieur.

- Je vous remercie. Au revoir, Madame.

Et je raccrochai sans même lui laisser le temps de prendre congé à son tour. Il me fallait maintenant localiser le cabinet. Une recherche dans les pages jaunes d'Internet et le tour était joué. Je lançai l'impression du résultat, fourrai négligemment la feuille dans la poche de mon pantalon, puis rassemblai mes effets personnels. Une dernière caresse à la chatte, un ultime regard vers le jardin et je me dirigeai vers le garage. J'entrai les informations obtenues juste avant dans le boîtier électronique de mon GPS, puis je partis incontinent.

La ville de Saintes n'était qu'à quelques kilomètres. A moins d'un incident en cours de route, je ne risquais pas de manquer Charlotte. Je constatai avec soulagement que j'avais entièrement récupéré l'usage de mes jambes ; seule leur couleur, désormais rouge nacarat - pour ceux qui l'ignoreraient, nuance entre le rouge et l'orangé - trahissait encore mon imprudence passée. Raison pour laquelle j'avais renoncé au port du short.

Je m'absorbai dans des pensées plus ou moins alarmantes tout au long du trajet. La vision du panneau mentionnant l'entrée de la ville me sortit de ma torpeur.

Le GPS me guida sans encombre jusqu'au lieu de travail de Charlotte et, par bonheur, une place de stationnement idéalement située, juste en face, se libéra dès mon arrivée. Je m'y engouffrai illico, puis stoppai le véhicule. Je jetai un œil anxieux à ma montre. Ne me restait plus que vingt minutes d'attente. S'y ajoutèrent dix bonnes autres minutes avant de voir enfin apparaître celle que j'attendais. Elle me considéra avec stupeur.

- Jacques ! Mais que faites-vous là ?

- Je suis à la recherche d'Esperanza.

- Oh... je l'ai déposée ce matin à la gare, répondit-elle, gênée.

- A la gare ! Je ne comprends pas ?

Charlotte afficha un air contrarié.

- Elle aurait dû vous avertir, c'est vrai, mais elle a pris la décision de partir ce matin en se réveillant. Il ne faut pas lui en vouloir. Vous savez c'est tout elle ça ! Impulsive, fougueuse, irréfléchie ! J'ai eu beau tenter de la raisonner, il n'y a rien eu à faire ! Une vraie tête de mule ! Elle m'a tout de même priée de vous transmettre ses excuses pour ce départ précipité.

Je fulminai face à cette incroyable tentative de dédouanement.

- Ses excuses, voyez-vous ça ! Ecoutez Charlotte, Esperanza est votre amie et je peux comprendre que vous ne teniez pas à m'en dire plus sur son compte, c'est même tout à votre honneur. Mais, sachez bien que je ne saurais me satisfaire d'excuses médiates ! Je revendique une explication et je veux l'entendre de sa bouche même ! On ne s'enfuit pas de la sorte, telle une voleuse et on ne convient pas de prendre le premier train de la journée sans raison !

Impressionnée par mon air déterminé et la montée en puissance de mon indignation, mon interlocutrice marqua un temps d'hésitation puis, recouvrant une certaine contenance, déclara :

- Vous êtes amoureux d'elle, n'est-ce pas ?

Je perdis alors de ma superbe pour demeurer à mon tour sans voix, totalement déstabilisé par cette question, on ne peut plus directe. Après quelques secondes de réflexion, je me résolus à jouer franc jeu :

- Vous avez raison. Cette femme m'a envoûté et, si vous voulez tout savoir, ce matin, je m'apprêtais à lui faire ma déclaration ! Comprenez donc ma déception ! Comment a-t-elle pu disparaître sans laisser le moindre mot ?

Soudain, je fus pris d'un vertige. Je portai une main à mon front.

- Excusez-moi, je ne me sens pas bien, ânonnai-je.

- Vous devriez entrer vous reposer dans mon cabinet, me conseilla Charlotte d'un regard inquiet.

- Non. Ce n'est rien, ça va passer, murmurai-je d'une voix morne.

- Vous avez vécu trop de stress ces temps-ci. Votre organisme ne le supporte plus ; écoutez, je vous propose de venir déjeuner avec moi et nous discuterons tranquillement.

J'acquiesçai d'un timide sourire. Elle m'agrippa alors le bras et nous nous acheminâmes lentement jusqu'à son restaurant favori.

- Que diriez-vous d'un petit apéritif pour vous remettre

Jacques ?

- Une bière me suffira.

- Christian ! héla-t-elle en direction du serveur : une bière et un Martini, s'il te plaît.

Elle vanta ensuite quelque temps les compétences du chef cuisinier puis, constatant mon plus parfait désintérêt, se résigna enfin à aborder le sujet qui m'intéressait.

- Vous êtes quelqu'un que j'apprécie vraiment, Jacques, et je suis loin d'être insensible à votre détresse. C'est pourquoi je vais me résoudre à trahir quelque peu mon engagement envers Esperanza. J'espère ne pas avoir à le regretter.

Je croisai les jambes avec nervosité. Qu'allait-elle donc bien m'apprendre ? Charlotte me fixa d'un regard intense puis déclara sans façon :

- Cette femme qui vous attire tant éprouve elle aussi des sentiments pour vous, elle m'en a fait part ce matin.

- Mais alors pourquoi est-elle partie ? m'écriai-je en agitant frénétiquement les bras.

Elle eut un geste d'apaisement avant de répondre.

- Eh bien, ce sera à elle de vous l'expliquer. Je vais me contenter de vous donner son adresse à Paris et vous lui demanderez vous-même. Ne m'en veuillez pas, c'est tout ce que je peux faire, car ce n'est pas à moi de vous dire la vérité.

- Mais quelle vérité ? poursuivis-je, peu à même de me satisfaire d'une telle réponse.

- Ne vous tracassez pas, soyez confiant et compréhensif à son égard et vous finirez par tomber dans les bras l'un de l'autre, je vous le garantis.

- Compréhensif à son égard ? Mais qu'a-t-elle donc fait qui justifie ces propos ?

- Rien de grave, se contenta-t-elle de dire.

J'avais beau sonder le regard de Charlotte, je n'entrevoyais pas le moindre indice.

- J'ai l'impression de m'enfoncer dans le brouillard ! lâchai-je, dépité.

Elle posa sa main sur la mienne puis précisa :

- Vous allez bientôt en sortir !

- Je l'espère, je l'espère, répétai-je avec un soupçon de lassitude dans la voix.

- N'oubliez pas le principal : elle vous aime, elle aussi.

- Tout cela me paraît si compliqué !

- Pas tant que ça finalement, vous verrez, me répondit Charlotte avec une mimique qui se voulait rassurante. Maintenant, vous allez tranquillement finir votre assiette, puis vous reprendrez la route pour rejoindre Paris. Une fois sur place, vous vous rendrez chez Esperanza et d'ici quelque temps, vous reviendrez me voir ensemble.

- Puissiez-vous dire vrai ! conclus-je, pas entièrement convaincu.

Je pris congé de mon hôtesse, non sans la remercier chaleureusement. Avec ou sans son amie, je retournerai la voir. C'était sûr. Il est des êtres que, à peine avez-vous eu le temps de faire leur connaissance et de vous séparer d'eux, vous avez déjà envie de les retrouver. Parce qu'ils ont su vous toucher au plus haut point et parce qu'ils ont éclairé un instant de votre vie. Charlotte resterait pour moi une femme d'exception, chaleureuse et attachante, une bien belle âme… Je lui serai éternellement reconnaissant d'avoir accepté de m'abriter et de s'être intéressée en priorité à l'homme qui se cachait derrière l'image de paillettes véhiculée par les médias. Quant à notre dernière discussion, même si elle m'avait laissé sur ma faim, elle m'avait malgré tout procuré beaucoup de réconfort. J'avais en effet obtenu une information capitale : Esperanza était amoureuse de moi elle aussi. Me restait à percer le mystère de sa fuite. Dès demain je me rendrai à son domicile et tâcherai de tirer l'histoire au clair. Pour l'instant, je m'efforçai de ne pas trop me poser de questions.

Cinq heures plus tard, je franchissais le seuil de mon appartement. Tout était en ordre et d'une propreté à couper le souffle. Inutile de chercher bien loin la responsable d'un tel tour de passe-passe ! Dès l'annonce de l'arrestation de la meurtrière de Putier, Maman avait dû s'y précipiter, se faire une joie de retirer les scellés, pousser des hurlements d'indignation en constatant l'immonde bazar et s'activer des heures durant à transformer mon gourbi en logement digne de ce nom. Force était de reconnaître qu'il était bien agréable de retrouver un intérieur impeccable. Machinalement, j'ouvris le réfrigérateur. Il était plein ! Je n'en revenais pas ! Elle avait pensé à tout avant de partir ! Je décapsulai une bière, m'installai sur le canapé et m'emparai de l'enveloppe placée bien en évidence sur la table du salon.

Mon Coco,

J'espère que tu as fait bonne route. Comme tu as pu le constater, j'ai fait un peu de ménage et quelques courses. Tu pourras donc, si tu le souhaites, rester quelque temps tranquillement chez toi. J'ai dit aux journalistes que tu repartais dans la villa de tata Christiane pour qu'ils te fichent la paix ! Suri se trouve dans l'appartement de Mme Louveau qui m'adresse de nouveau la parole et qui a proposé de nourrir ta chatte en attendant ton retour ; pour une fois que la vieille chouette peut se rendre utile !

Je t'appellerai bientôt d'Italie.

Je t'embrasse bien fort.

Maman.

Ma mère était incorrigible ! Tout avait été minutieusement préparé pour m'assurer un confort maximum. Il était temps que je lui rende la pareille. A moi désormais de la choyer. Je m'y engageai dès son retour. Et puis j'avais vraiment hâte de lui présenter Esperanza ; j'étais certain qu'elle l'apprécierait. A condition que cette dernière accepte la rencontre évidemment !

Je renonçai à récupérer Suri ce soir, appréhendant d'affronter les questions de la redoutable Mme Louveau. Je grignotai un morceau et me glissai dans les draps tout frais pour m'endormir aussitôt.

14

Quel drôle d'effet de me réveiller de nouveau dans mon appartement ! Je l'avais pourtant quitté à peine une semaine plus tôt. Et voilà que tout juste rentré, je me surprenais à déjà regretter le calme de la campagne. Inouï ! Moi jusqu'alors citadin convaincu, j'étais prêt à partir m'installer au plus vite au fin fond de la France afin de retrouver la paix intérieure que m'avait procuré mon séjour à Courcoury.

Esperanza serait-elle femme à me suivre dans un tel endroit ou préférerait-elle la vie trépidante de la ville ? Si elle privilégiait cette dernière possibilité, nous trouverions un compromis : une grande maison, du style de celle de Charlotte, dans un village paisible proche de Paris. Maman pourrait y habiter avec nous. Car je nous verrais bien vivre tous les trois. Pendant que je m'adonnerais à l'écriture, Suri sur les genoux, ma chère mère conterait ses souvenirs à ma bien-aimée. Je n'avais pas de mal à imaginer le tableau. Toutes les deux prendraient aussi plaisir à mitonner de bons petits plats et, une fois à table, nous débattrions sur mon dernier roman. Une vie sereine et totalement à l'opposé de celle que j'avais vécue jusqu'à présent : voilà ce à quoi j'aspirais dans les jours à venir.

Mais soudain rattrapé par mes angoisses, je m'extirpai brutalement du lit. Une petite voix intérieure venait de me susurrer : Jacques, ne crois-tu pas que tu t'emballes un peu vite ? Faire des projets avec une femme qui n'a pas hésité à se faire la malle sans explication ! Tu cours à l'encontre de nouvelles désillusions ! Je me frottai la tête, perplexe. Peut-être, en effet… Néanmoins, si elle m'aimait, comme me l'avait clairement affirmé Charlotte, je ne devrais pas avoir à subir les affres de la déception. Un regain d'optimiste balaya mes derniers doutes. Oui, j'allais parvenir à mes fins !

J'avais encore quelques heures devant moi avant de me rendre chez Esperanza car il était très tôt. Je n'allais tout de même pas la mettre dans l'embarras en la surprenant au saut du lit. Je pris donc le temps de savourer mon petit déjeuner, puis je m'appliquai à choisir ma tenue vestimentaire. Loin d'être un apollon, j'avais tout intérêt à soigner mon apparence. Jusqu'à présent, je ne m'étais pas présenté sous mon meilleur jour : short, baskets et barbe de plusieurs jours ; un look décontracté, voire négligé, peu propice à toute tentative de séduction. Sans parler de l'épisode « coup de soleil » qui m'avait totalement défiguré ! J'en porte d'ailleurs encore les stigmates. Aujourd'hui, je comptais bien améliorer mon image. Et puis, bien entendu, j'arriverai chez Esperanza avec un bouquet de roses rouges, symbole de mon amour ardent. J'avais tellement hâte de la retrouver, maintenant.

J'étais sur le point de partir, lorsqu'un bruit sourd, semblant provenir de l'appartement de ma mère, m'interpella. Je collai mon oreille contre le plancher ; rapidement un deuxième son me parvint puis un autre. Pas de doute, il y avait bien quelqu'un en dessous de chez moi. Maman aurait-elle finalement écouté mes conseils et renoncé à son voyage ? Fort de cette pensée, je me précipitai chez elle. J'étais tout à la joie de la retrouver, disposé à saluer cette sage décision.

J'activai frénétiquement le bouton de la sonnette. Pas

de réponse. J'eus beau réitérer mon geste plusieurs fois, rien n'y fit. Toujours ce même silence anormal. Ma réjouissance prématurée avait rapidement cédé la place à l'inquiétude : Maman étant loin d'être sourde, si elle se trouvait là, elle aurait dû m'ouvrir. Un cambrioleur s'était-il introduit chez elle ? Il fallait que j'en aie le cœur net. La porte étant verrouillée, je m'en retournai à l'étage où je m'emparai du double de la clé. Je redescendis à toute vitesse pour parvenir enfin à pénétrer dans le logement. Dans le hall, j'empoignai un presse-papier en guise d'arme et j'avançai à pas feutrés, prêt à bondir sur l'indésirable.

Personne dans le salon, ni dans la cuisine. Restait la chambre. J'actionnai tout doucement la poignée de la porte et glissai un œil méfiant par l'entrebâillement.

C'est ici que je découvris l'intrus, ou plutôt devrais-je dire l'intruse, puisque qu'il s'agissait d'une femme. Elle se trouvait de dos et farfouillait dans les affaires de ma mère. Je n'eus aucun mal à l'identifier : sèche comme une trique, les cheveux d'un rouge orange métallique et la tête rentrée dans le cou, c'était… Mme Louveau, l'horripilante voisine à qui Maman avait confié Suri ! Saperlipopette ! Elle n'avait pas perdu de temps ! La vieille bique, qui détenait vraisemblablement également la clé de l'appartement de Maman, assouvissait sa curiosité sans aucun scrupule. Prise la main dans le sac, comment allait-elle se justifier ?

- Vous cherchez quelque chose ? m'écriai-je, avec une voix de stentor.

La fouineuse laissa échapper un hurlement de stupeur. Le bibelot qu'elle inspectait lui glissa des mains et se fracassa sur le plancher. La tête de la statuette roula sous le lit tandis qu'un bras fut projeté sous une chaise. Malgré l'épaisse couche de maquillage qui recouvrait son horrible face, le teint de Mme Louveau avait brutalement viré au vert blafard et tout son corps était maintenant secoué de spasmes. Terrorisé à l'idée qu'elle puisse être victime d'une crise cardiaque ou d'un autre malaise auquel j'aurais dû faire face - être contraint de pratiquer le bouche à bouche sur son immonde personne par exemple - je m'efforçai d'employer un ton radouci pour dire :

- Vous allez bien Mme Louveau ?

Encore sous le choc, elle s'affaissa sans un mot sur le lit, tout en continuant à me fixer d'un air ahuri. Puis ses traits se durcirent pour laisser entrevoir un regard désapprobateur. Elle me lança sèchement :

- Vous m'avez fait une de ces peurs !

- Mais que faites-vous donc dans la chambre de ma mère ? répliquai-je à mon tour, sur un ton peu amène.

- Je cherchais son arrosoir, figurez-vous, quand je suis tombée en admiration devant cette magnifique statuette que je viens malheureusement de briser.

J'écarquillai les yeux.

- Son arrosoir ?

- Oui, elle m'a chargée de prendre soin de ses plantes durant son absence, enchaîna-t-elle avec le sérieux d'un ministre, comme si la tâche qui lui incombait se révélait de la plus haute importance.

- Eh bien, cela m'étonnerait fort que vous trouviez l'objet en question dans l'armoire de sa chambre à coucher ! fis-je remarquer d'un air accusateur et en dirigeant mon regard vers le meuble aux portes grandes ouvertes.

- Oh, vous savez, les personnes âgées ont parfois de drôles d'idées ! osa-t-elle répondre avec aplomb.

Puis, la mine contrariée, elle ajouta :

- Mais cette statuette… c'est ennuyeux. Que va dire votre mère ? Elle était si jolie et elle avait peut-être de la valeur !

- Peut-être en effet, n'hésitai-je pas à répondre, prenant un malin plaisir à provoquer l'inquiétude de mon interlocutrice.

- Je vais essayer de recoller les morceaux, fit-elle sans grande conviction.

- Non, laissez, je vais m'en charger.

- Vous êtes sûr ? demanda-t-elle d'un faux air contrit.

- Puisque je vous dis que je vais le faire, répliquai-je, passablement agacé.

Elle poursuivit alors avec une contenance redoublée :

- Quel bonheur de vous revoir, M. Mervan ! Quand je pense que la police a osé vous accuser d'un crime aussi odieux ! Moi, je n'ai pas douté un seul instant de votre innocence ! Vous avez dû vivre une période bien difficile ! J'ai souvent pensé à vous, vous savez ! Et votre pauvre Maman, elle s'en est fait du souci ! Heureusement, elle a pu compter sur mon soutien ! Enfin, vous voilà de retour parmi nous et vous m'en voyez ravie.

Je la foudroyai du regard. Si elle continuait de la sorte, ma colère n'allait pas tarder à sourdre ! Son soutien !!! Elle qui, dès ma mise en accusation, n'avait plus adressé la parole à Maman ! Quel toupet ! Si elle pensait m'en faire accroire, elle se trompait lourdement !

- Si vous le voulez bien, j'aimerais récupérer ma chatte, m'empressai-je de dire pour couper court à ses flagorneries.

- Bien sûr, me répondit-elle, tout en continuant à minauder. A vrai dire, je suis contente de vous la rendre, car elle m'a donné du fil à retordre ! Elle est un peu spéciale votre chatte, M. Mervan !

« Pas tant que vous ! » m'indignai-je intérieurement.

Et Mme Louveau de reprendre de plus belle la conversation.

Je marquai un geste d'impatience avant de lui lancer :

- Allons-y, s'il vous plaît, car je suis un peu pressé.

Elle se dirigea vers la sortie.

- Je reviendrai une autre fois pour arroser les plantes ; après tout, rien ne presse, puisque votre Maman n'est partie que depuis hier.

- Si vous le permettez, puisque je suis rentré, je m'en occuperai moi-même, lui assenai-je d'un ton net qui ne souffrait aucun contredit.

Une moue ostensible traversa son hideux visage.

- Comme vous voudrez, fit-elle.

Et elle me tendit la clé du logement à contrecoeur. Je la suivis jusque chez elle où je récupérai Suri à la hâte, présentai de brefs remerciements, puis m'en retournai dans l'appartement de ma mère, satisfait d'être enfin débarrassée de l'infâme vieille bonne femme.

Sitôt ensemble, ma charmante compagne à quatre pattes me gratifia d'une bordée de câlins. Mon absence ne semblait pas l'avoir affectée le moins du monde. L'avantage avec les animaux, c'est que, quoique vous leur fassiez, ils vous témoignent toujours une affection sans borne.

« Tu n'as pourtant pas dû être à la fête, dis donc ! Un séjour avec ma mère, puis un avec Mme Louveau, tu aurais de quoi te montrer rancunière ! » fis-je tout haut à ma chatte qui ronronnait de plus belle sous mes caresses répétées. « Tu sais, j'espère bientôt te présenter quelqu'un qui compte beaucoup pour moi. Pour ce faire, je dois de nouveau t'abandonner un moment. Je vais ramasser les débris de la statuette et après, je te ramène dans notre appartement. Je suis sûr que tu vas apprécier de retrouver ton chez-toi et, ce soir, nous reprendrons nos bonnes vieilles habitudes… à moins que… ce soir… je ne rentre pas ! » poursuivis-je, l'œil lubrique, me délectant de cette folle pensée.

Je fixai Suri droit dans les yeux : « Ne t'inquiète pas, au cas où, je vais te laisser de quoi te rassasier : une bonne portion de ta pâtée préférée ».

La délicieuse idée toujours en tête, je me levai précipitamment puis filai dans la chambre de Maman. Je n'avais plus qu'un seul désir : enlacer Esperanza et la couvrir de baisers.

Je récupérai les morceaux épars de la statuette et les posai délicatement sur la table de nuit. Puis j'entrepris de refermer la porte de l'armoire. Impossible. J'avais beau m'escrimer à maintenir fermement le battant tout en tournant la clé pour tenter de le verrouiller, rien n'y faisait. Pestant contre le meuble et décidé à en finir, je me résolus à prendre le temps d'inspecter l'intérieur. Mon attention se porta sur l'étagère du bas où quelque chose d'enfoui sous une pile de draps dépassait largement, à coup sûr, la cause de cette résistance inattendue. Et allez savoir pourquoi ai-je retiré l'objet en question, au lieu de me contenter de le repousser ? Curiosité ? Pressentiment ? Toujours est-il que ce geste imprévu allait de nouveau provoquer un beau chambardement dans mon esprit ! Que dis-je, un séisme !!!

Une chemise cartonnée, voilà de quoi il s'agissait. Rouge avec des rabats à élastiques, un modèle des plus classiques. J'aurais pu la remettre en place aussitôt, mais l'inscription « Coco » en gros caractères m'avait fortement intrigué et je voulus donc en savoir plus. Tu ne vaux pas mieux que Mme Louveau ! songeai-je en extirpant son contenu.

La première feuille correspondait à un tableau intitulé « Choix de la meilleure candidate ». Le voici, tel que je le découvris :

Critères / Candidates	Physique	Age	Profession	Connaissances en espagnol	Connaissances en cuisine	Total (/20)
Carine Martin	3	3	1	2	3	12
Sandrine Lefon	2	4	1	4	3	14
Dolorès Sánchez	4	2	3	4	3	16
Karen Pichaud	4	3	4	4	4	19
Nathalie Perrin	3	2	3	2	4	14
Evelyne Dorin	1	3	4	3	3	14
Fatima Abdou	3	2	2	3	3	13
Christine Gibeson	2	1	2	3	2	10
Véronique Lefèvre	3	4	2	2	4	15
Séverine Guérin	2	4	3	4	4	17
Yolanda Lopez	2	4	1	4	4	15

Légende :
1 = Insuffisant ; 2 = Moyen ; 3 = Bien ; 4 = Excellent

Qu'est-ce que cela signifiait ? Et ce nom mis en valeur, cette note de 19/20 ? La meilleure candidate ? Candidate à quoi ? Karen Pichaud… ça me disait vaguement quelque chose. Où diable avais-je pu lire ou entendre prononcer ce nom ? Dans la presse ? Dans la bouche de Maman ? Soudain, je poussai un hurlement épouvantable.

Oh non, pas ça !!!

Ma mémoire me faisant régulièrement défaut, j'avais mis du temps à réaliser l'inconcevable. Je compulsai à la hâte les feuilles qui suivaient : des lettres de motivation avec un CV agrafé à chacune d'entre elles. Je m'arrêtai sur celle que je redoutais de lire.

Karen PICHAUD
4 rue des Hortensias
75010 PARIS

Tél. 06.23.65.44.31
karen.pichaud@laposte.net

Objet :
Candidature
PJ :
1 CV

Paris,
le 23 mai 2008

Madame,

L'annonce que vous venez de faire paraître a fortement attiré mon attention. Je pense en effet correspondre en tout point au profil souhaité.

Intermittente du spectacle, je possède une solide expérience de comédienne comme vous pourrez le constater sur mon CV joint. Je suis actuellement libre de tout engagement. Je suis d'origine espagnole (par ma grand-mère) et je maîtrise parfaitement la langue que je parle sans accent, en raison de nombreux séjours à Barcelone (membres de ma famille encore sur place).

J'adore cuisiner depuis ma plus tendre enfance et j'ai l'habitude de recevoir les louanges des amis invités à partager mes repas.

D'un caractère avenant, je lie facilement connaissance et suis fidèle en amitié. Quant au physique, vous jugerez par vous-même avec la pho-

tographie jointe.

Je me tiens à votre disposition pour un entretien.

Avec mes remerciements, veuillez agréer, Madame, mes salutations distinguées.

Karen Pichaud

Je tournai la page et m'effondrai en voyant la photographie de la candidate : c'était bien elle ! Esperanza !!!

15

Je ne parvenais pas à détacher mon regard du visage angélique d'Esperanza. Comment avais-je pu être aussi naïf ? Avoir été mené en bateau de la sorte ! Avoir cru au scénario de la femme traquée, tremblant de peur sur le siège de ma voiture et dissimulant avec gêne un sein découvert ! Tout avait dû être orchestré d'une main de maître par ma chère mère puis appliqué avec brio par une comédienne hors pair. Et le troisième larron ? Le prétendu amant en furie ? Lui aussi s'en était donné à cœur joie dans le rôle du meurtrier en puissance ! Un autre complice ? Une pensée angoissante me fit tressaillir : « Et si c'était le petit ami d'Esperanza ? Ou pire son mari ? » Cette possibilité expliquerait le départ précipité de l'intéressée, totalement hermétique à toute tentative de séduction de ma part, puisque amoureuse d'un autre. De quoi anéantir tous mes rêves !

L'optimisme dont je faisais preuve à peine quelques minutes plus tôt avait cédé la place à l'affliction. S'y ajoutait un sentiment de colère. Ah, elles m'avaient bel et bien roulé dans la farine les deux scélérates ! Mais pour quelle raison ? Pourquoi ma mère avait-elle jugé nécessaire d'engager une créature de rêve pour m'accompagner dans la villa de l'île d'Oléron ? Un chaperon ? Un indic chargé de lui faire part de mes moindres faits et gestes ? Et dire que je n'avais même pas l'adresse de l'hôtel où séjournait Maman à Venise ! Condamné à attendre son appel téléphonique pour en savoir plus ! Et si elle n'appelait pas ? Je ne connaissais pas non plus la date de son retour ! Combien de temps devrais-je attendre ? Cette situation m'était insupportable. Pourquoi avait-t-il fallu qu'elle entreprenne ce foutu voyage ?! A son âge ! N'aurait-elle pas pu se contenter d'une sortie au Louvre, au zoo ou dans n'importe quel autre endroit à proximité de chez elle ? Soudain, je me ravisai en songeant que sans cette escapade, je n'aurais pas découvert le pot aux roses ! Contenant ma rage, je m'efforçai alors d'analyser les maigres données à ma disposition.

Je parcourus de nouveau les lettres de motivation. Maman avait dû faire fissa pour trouver sa candidate ! Entre le moment où je lui avais annoncé mon projet et le jour de mon départ, il ne s'était en effet écoulé que très peu de temps. Pour tout dire, des recherches effectuées sur les chapeaux de roue ! Mais comment diable y était-elle parvenue ? Soudain je compris. « Oh ! Mais bien sûr ! ». « Internet ! » m'écriai-je tout haut. « Elle avait fait passer une annonce sur Internet ! » Par ce biais, elle avait reçu onze réponses en un temps record, délai impossible à obtenir en utilisant la méthode classique d'envoi à un journal. Eh bien, si certaines personnes âgées ne voient pas l'utilité des NTIC* et rechignent même à les utiliser, ce n'était pas le cas de Maman !

Je me levai, en proie à un énervement croissant. Suri me tournait autour en poussant des miaulements plaintifs, comme contaminée par mon angoisse. J'étais désemparé. Que pouvais-je faire maintenant sinon renoncer à aller chez Esperanza ? Je me voyais mal être confronté à mon rival. La scène que j'avais en tête m'en dissuadait totalement : il ou-

* Nouvelles Technologies de l'Information et de la Communication

vrait la porte, je bredouillais quelques bribes de phrases d'un air idiot pour finir par battre honteusement en retraite.

Je m'enlisai dans mes tracas, remuant mes pensées dans tous les sens, lorsque je me remémorai subitement les paroles de Charlotte : « Cette femme qui vous attire tant éprouve elle aussi des sentiments pour vous ». De tels propos ne pouvaient être tenus dans le seul but de rassurer ! Rien n'était donc perdu ! C'est étrange comme j'avais pu occulter ce point. Sans doute le résultat du choc causé par la révélation de la double tromperie dont j'étais la victime. Et puis, réflexion faite, cet homme, le fou furieux, n'était sans doute qu'un ami d'Esperanza ou un comédien comme elle, contacté pour lui prêter main forte ! Je retrouvai une lueur d'espoir. C'est incroyable comme les choses peuvent basculer ! A un moment vous êtes au fond du gouffre, l'instant d'après, vous vous laissez regagner par la confiance.

Une autre pensée me traversa l'esprit : l'ordinateur de Maman ! Il fallait que j'y jette un œil ! Il renfermait peut-être des renseignements susceptibles d'éclairer ma lanterne. Je piaffais d'impatience lorsque l'apparition de la fenêtre réclamant un mot de passe me laissa désarmé. Un chapelet de tonitruants jurons s'échappa de ma bouche. Quel pouvait bien être le sésame enregistré par Maman ? J'eus l'idée de tenter ma chance avec « coco ». Pas de résultat. J'inscrivis alors le même mot, suivi de ma date de naissance. Bingo ! La bécane consentait à m'ouvrir ses portes ! Je jubilai et m'écriai tout haut d'un ton triomphant : « Maman, tu n'as pas été suffisamment performante sur ce coup-là ! ».

Le bureau s'afficha. Je cliquai sur « Poste de travail » pour voir apparaître des dossiers et sous-dossiers dans lesquels tous les fichiers enregistrés étaient soigneusement rangés. Rien à voir avec le foutoir de mon ordinateur ! Je parcourus l'ensemble pour finir par ouvrir celui qui s'intitulait « Roman ». Une première page mentionnait son titre en gros caractères : « LE SAUVER ». Je restai quelques secondes pantois puis, me grattant la tête, je lâchai : « Ben ça alors ! ». Je venais en effet de choisir quasiment le même intitulé pour mon ouvrage en cours : « LA SAUVER ». Drôle de coïncidence ! Dans le cas où, par je ne sais quel miracle, ma mère parvienne à publier son livre elle aussi, cette anecdote prêterait à sourire. Ma curiosité attisée, je me plongeai sans plus attendre dans la lecture du premier chapitre :

La solution miracle

Je l'observe à la dérobée tandis qu'il pétune allègrement. Comme il lui ressemble ! Le même regard, la même façon de tenir sa cigarette et cette même inconscience du danger ! Peste soit du tabac ! Pourquoi Coco a-t-il un jour décidé de fumer ? La faute en revient-elle à son père ? Mimétisme inévitable ? Je connais cependant des personnes dont les parents, fumeurs tous les deux, n'ont pas adhéré au vice.

Durant des années je me suis pourtant escrimée à prodiguer les meilleurs soins à l'enfant qu'il était, à bien le nourrir, à lui faire faire du sport, à lui inculquer les bonnes manières, sans oublier de le mettre en garde contre tous les dangers - notamment en lui disant que la cigarette tue chaque année des milliers d'inconscients - et puis un beau jour, les fils du cocon que j'avais patiemment tissés autour de sa vie se sont rompus et je me suis retrouvée face à un amnésique ! Envolées, toutes mes recommandations ! Exit ma personne ! L'être que je chérissais le plus ne daignait plus m'accorder le moindre intérêt, pire il se raillait ouvertement de mes propos qualifiés de ridicules ! Une emmerdeuse de premier ordre, voilà ce que je représentais désormais pour lui !

L'état dépressif de Coco n'avait fait que renforcer sa dépendance à la nicotine. D'un paquet de cigarettes, il était progressivement passé à deux. Chaque soir, il descendait acheter sa drogue ; c'était quasiment devenu sa seule sortie avec les indispensables courses à la supérette du coin. Ses vêtements, ses doigts, ses cheveux, tout était imprégné de l'odeur nauséabonde du tabac. Accroché à son vice comme à une bouée, je le voyais s'enfoncer de plus en plus dans le marasme. L'alcool, deuxième compagnon d'infortune, bouffait aussi son corps et son âme à petit feu. Soucieux de m'épargner le triste spectacle de sa déchéance, il restait sobre jusqu'au moment où, une fois le dîner terminé, il regagnait son appartement. Là, l'œil rivé sur le téléviseur, il ingurgitait de la bière en grande quantité, cherchant à atteindre un bien-être éphémère. Et moi, j'assistais impuissante à sa descente aux enfers.

Un soir, alertée par un bruit sourd, je m'étais précipitée chez lui pour le découvrir affalé sur le sol, complètement ivre. Il lui arrivait aussi de sortir sa poubelle en titubant et parfois même de se faire shooter dans ce triste état par un journaliste en planque derrière une voiture. Quelques jours plus tard, les photographies compromettantes fleurissaient sur toutes les couvertures des magazines à scandale ; je sentais alors peser sur moi le regard lourd des commerçants du quartier et des habitants de l'immeuble. Rester digne, ne rien laisser transparaître de mon désespoir, telle était néanmoins l'attitude que je m'efforçais d'adopter. Ne pas flancher à mon tour. Tout faire pour l'aider à s'en sortir. J'étais sa mère et il était de mon devoir de le sauver.

Mais, mes tentatives de raisonnement ne donnaient rien. J'avais tour à tour essayé la douceur et la fermeté. Pas la moindre once d'un sursaut de la part de Coco qui se fermait comme une huître dès que j'abordais ses problèmes. Comme si un nuage lugubre descendait sur l'atmosphère déjà bien sombre de son esprit. Des jours durant, je me suis rongée les sangs à chercher désespérément un moyen de le libérer de ses démons jusqu'à finir par le trouver…

C'est en regardant la télévision qu'une solution inespérée a germé dans ma tête. L'opération de la dernière chance ! Je décidai de la mettre en pratique illico car je n'avais pas de temps à perdre. Mais laissez-moi donc vous parler de Roland Putier, puisque c'est grâce à lui que j'ai pu mettre en œuvre mon plan de sauvetage.

Cet homme est l'animateur de « On aura tout vu, tout entendu », mon émission télévisée favorite. Je la regarde tous les soirs. Avec ses chroniqueurs, Roland Putier passe en revue l'actualité avec humour ; j'aime sa gouaille, son humour grinçant et sa répartie. Coco apprécie aussi le personnage et je crois d'ailleurs qu'il l'a déjà rencontré lors des innombrables sorties noctambules ayant précédé sa dépression. Mais venons en aux faits. Pour extraire mon fils de sa torpeur et le libérer de ses démons, j'avais décidé ni plus ni moins de faire en sorte qu'on annonce sa mort en direct à la télévision ! Etant donné qu'il regarde lui aussi régulièrement l'émission « On aura tout vu, tout entendu » depuis qu'il a perdu les pédales, j'avais jeté mon dévolu sur cette dernière pour accomplir mon forfait, qui n'en était évidemment pas un à mes yeux, puisque destiné à secourir la chair de ma chair. Il m'avait alors suffit d'envoyer un simple mél à la rédaction de l'émission et de me faire passer pour un ami proche de Jacques Mervan. J'avais pris soin d'y révéler des détails intimes de la vie de Coco, détails qui ne pouvaient que laisser croire à l'authenticité du message. Face à son écran, mon fils allait-il enfin réagir ?

Le résultat est allé au-delà de mes espérances. J'étais parvenue à provoquer chez lui un véritable électrochoc. Il avait tout d'abord accouru chez moi pour vérifier que la nouvelle ne m'avait pas fait passer de vie à trépas. Craignant de ne pas être à la hauteur dans le rôle de la mère affolée, j'avais tout bonnement fermé les yeux, laissant croire à un assoupissement des plus plausibles pour une personne de mon âge. Puis, le lendemain, il avait fait une irruption inattendue par la fenêtre de mon salon, seul moyen d'échapper aux paparazzis. Il tenait entre les mains un bouquet de roses rouges qui m'était destiné et des victuailles qui indiquaient qu'il avait visiblement repris goût à la nourriture. Le plus dur pour moi fut sans doute de masquer ma joie. Le surlendemain, il me fit part de ses intentions vindicatives. Il était soudainement passé de l'état de larve à celui d'insecte vibrionnant. Animé d'une énergie à toute épreuve, il me livra avec moult explications les détails d'un plan mûrement réfléchi durant la nuit et destiné à ridiculiser les responsables du bug médiatique dont il avait fait les frais. Ah, s'il avait su que sa propre mère était à l'origine de cette fausse mort annoncée, puis à celle du démenti prononcé quelques minutes plus tard ! Car, soucieuse de ne pas éveiller les soupçons sur ma personne, j'avais téléphoné au responsable de la chaîne pour réfuter l'odieuse rumeur.

J'avais toutes les raisons de me féliciter de la bonne tournure prise par les événements. Mais, lorsque Coco me déclara qu'il allait disparaître pendant une assez longue période, je fus prise au dépourvu. Seul pendant tout ce temps alors qu'hier encore il se trouvait au bord du précipice, était-ce bien raisonnable ? Inquiétude vite muée en panique à l'annonce de l'endroit où il comptait se terrer : la villa que ma chère soeur Christiane m'avait léguée à sa mort, une agréable demeure de bord de mer, dans l'île d'Oléron, maison qui avait été le théâtre de jours heureux, mais pas seulement... Il n'y était pas retourné depuis l'âge de douze ans. Mais pourquoi donc avoir choisi ce lieu ? Avait-il compris que… Mais comment l'aurait-il su ? Masquant mon trouble derrière de faux airs désinvoltes, je m'engageai à l'aider à mener à bien son projet en répondant à ses demandes : l'achat d'un ordinateur portable et le prêt d'une somme d'argent. Sa détermination était de toute façon telle que j'aurais été incapable de l'empêcher de partir. Et puis un élément des plus réjouissants était venu tempérer mon inquiétude : son désir de se remettre à l'écriture. N'était-ce pas là le véritable signe de sa résurrection ? Oui, vraisemblablement ; néanmoins, mon cœur de mère m'incitait à poursuivre ma protection rapprochée. Il me fallait trouver de toute urgence un ange gardien !

Ainsi se terminait le premier chapitre. Il me fallut plusieurs minutes avant de me remettre de mes émotions. J'avais comme l'impression que l'on m'avait retourné le cerveau. J'oscillais entre stupeur et admiration. Maman ! Tu avais osé l'inimaginable pour moi. Pour l'imbécile que j'étais ! Celui qui vilipendait tes actes avant même d'avoir cherché à les comprendre ! Avais-je mérité une mère telle que toi ? Jamais je ne serai capable de t'offrir une aussi belle preuve d'amour ! Et cette souffrance que je t'avais fait endurer ! Comment avais-je pu ne pas la percevoir ? Un fils indigne, voilà ce que j'étais ! Je pris une profonde inspiration puis, happé par la soif d'en savoir plus, je glissai rapidement vers le chapitre suivant intitulé « La candidate idéale ».

Il débutait par une annonce, celle que Maman avait publiée sur Internet pour parvenir à dénicher la perle rare chargée de veiller sur moi :

> Recherche comédienne de profession
> ou personne présentant des dons certains
> dans le domaine,
> Connaissances en espagnol appréciées
> 30 - 40 ans, jolie, sociable,
> Bonne cuisinière et libre de suite.
> Joindre impérativement photo
> **TRES URGENT**

La rencontre était ensuite relatée dans les moindres détails. Elle avait eu lieu dans un bar éloigné du domicile de Maman pour éviter tout risque de télescopage entre la candidate et moi. Cette entrevue avait fait l'objet d'une série de questions soigneusement préparées car, ma mère, fidèle à elle-même, n'avait rien voulu laisser au hasard. A travers ses écrits, elle avait dressé un portrait d'Esperanza d'une justesse et d'une précision époustouflantes. Et dire que je minimisais les capacités rédactionnelles de ma génitrice ! Là aussi je m'étais bien planté !

Je tournai les pages avec une fébrilité redoublée. Première impression confirmée : Maman n'avait rien à envier à mon style ou à celui d'autres auteurs reconnus. Les mots sonnaient juste. Pas de superflu, rien qu'un savant dosage des idées et des phrases, facilité par une exceptionnelle maîtrise de la langue que je qualifierais de lumineuse et de sensible. Les chapitres s'enchaînaient tout naturellement, dans un rythme endiablé, capable de susciter l'intérêt du plus exigeant des lecteurs. Le tout agrémenté d'un humour décalé qui me révélait une facette inattendue de ma mère. Pour tout dire, une vraie réussite ! Et croyez-moi, ce n'est pas le fils qui l'affirme, mais bien le critique littéraire à la plume habituellement acerbe ! Force était même de reconnaître qu'un écrivain de génie venait de naître.

Le passage où elle décrivait ses premières impressions face à la candidate Esperanza m'emballa littéralement. Très rapidement, la recruteuse avait su qu'elle détenait l'instrument idéal de mise à exécution de son plan. « Un physique et un psychique qui collaient parfaitement », « Une accorte jeune femme à la tête bien remplie » : c'est en ces termes flatteurs qu'elle narrait l'entrevue. Elle mentionnait aussi « le flair d'une mère ». Et elle ne s'était pas trompée ! La recrutée avait fait grandement l'affaire en effet. Elle avait même su faire face lorsque j'avais découvert qu'elle n'était pas muette. La manipulatrice hors pair au charme dévastateur n'avait fait qu'une bouchée de la proie facile que j'étais !

Les talents d'actrice de ma mère n'étaient pas en reste non plus. Si je l'avais cru capable de mentir à ce point ! Mais un élément imprévu et de taille était venu enrayer la belle mécanique : la mort de Putier. Comme Maman avait dû s'en vouloir ! Car, en envoyant la lettre annonçant mon décès, elle avait contribué - certes bien involontairement - à ma mise en accusation. Tout s'était alors enchaîné comme dans un mauvais rêve. Les policiers avaient conclu que j'avais tué l'animateur parce qu'il avait déclaré en direct à des milliers de spectateurs que j'étais décédé. Le mobile était donc tout trouvé : la vengeance.

Je poursuivis ma lecture, le cœur en émoi, sans me douter que d'autres révélations m'attendaient et pas des moindres…

16

Je savais tout maintenant. Mon esprit, soumis à rude épreuve durant toute la lecture du tapuscrit, était devenu tout à coup aussi léger qu'une plume. Les larmes inondaient mes joues, mais j'avais la sensation qu'elles me libéraient d'un poids énorme, un poids qui jusqu'alors m'avait empêché d'être moi-même. Je venais de retrouver une paix intérieure égarée depuis l'enfance ; ce malaise qui m'habitait depuis si longtemps prenait enfin un sens. Les révélations de Maman, aussi pénibles soient-elles, s'avéraient un choc salutaire et le petit garçon que j'étais resté, accroché à ses douze ans, allait désormais pouvoir s'épanouir pleinement dans sa vie d'homme ; j'en avais la totale conviction. J'arrêtai l'ordinateur, agrippai tendrement Suri, puis me dirigeai vers la sortie.

A peine avais-je introduit la clé dans la serrure de la porte de mon appartement que la voix stridente de Mme Louveau, me transperça les oreilles :

- Ah ! M. Mervan ! Vous avez pu réparer les dégâts ?

Je m'efforçai de garder la tête penchée pour dissimuler mes yeux rougis.

- Les dégâts ?

- Eh bien oui, la statuette.

- Euh… oui, oui, bredouillai-je, n'hésitant pas à mentir

afin de me débarrasser le plus vite possible de l'importune.

- Tant mieux. Je m'en vais de ce pas rendre visite à votre Maman, je lui ferai part de ma maladresse et lui dirai que vous avez tout recollé.

Un instant je demeurai sans voix.

- Qu'est-ce que vous dites ? m'exclamai-je ensuite en me redressant d'un coup.

- J'expliquerai à votre Maman comment j'ai cassé la statuette et je lui dirai que vous avez pu la remettre en état.

- Vous allez voir ma mère ?

- Oui, à la clinique.

- A la clinique ???

- Oui, j'espère qu'elle ne sera pas trop fatiguée après son opération.

- Son opération ??? répétai-je d'une voix blanche.

Mme Louveau me regarda avec des yeux de merlan frit puis répondit :

- Oui, une opération du cœur, ce n'est tout de même pas rien !

Mes tempes se mirent à bourdonner et le sol commença à vaciller sous mes pieds. Je regardai mon interlocutrice avec de gros yeux ronds.

- Grand Dieu, vous n'étiez pas au courant ? me répondit-elle, d'une voix haut perchée.

Je lui jetai derechef le même regard affolé puis, l'empoignant par les épaules, je m'écriai :

- Dans quelle clinique se trouve-t-elle ?

- La clinique du Bois Joli, mais…

Je ne lui laissai pas le temps de poursuivre. Sans un mot, je déposai ma chatte dans ses bras et je partis en trombe.

17

Six mois plus tard,
Plateau de télévision de l'émission « Rencontres littéraires »
animé par David Poussili

D. Poussili : *Heureux de vous retrouver chers téléspectateurs. Nous recevons ce soir Jacques Mervan, auteur à succès, et sa mère Mme Nicole Mervan. M. Mervan, vous êtes venu à maintes reprises dans cette émission. Je suis ravi de vous accueillir de nouveau à l'occasion de la parution de votre dernier roman intitulé «* **La sauver** *». Quant à vous, Madame Mervan, je suis tout aussi enchanté de votre présence ; vous publiez votre premier roman baptisé «* **Le sauver** *». Je dois dire que la parution simultanée de vos deux ouvrages est assez exceptionnelle. Mais, ce qui est encore plus surprenant, c'est le fait que vous ayez choisi un titre quasiment identique. De quoi désorienter le client potentiel découvrant vos œuvres côte à côte, dans les vitrines des librairies ! Alors, coup médiatique ou pur hasard ?*

Les deux intéressés se regardèrent d'un air amusé.

J. Mervan : *Je vous garantis que je suis vraiment tombé des nues lorsque j'ai découvert que ma mère avait choisi un titre presque similaire au mien !*

D. Poussili : *Et vous Madame, saviez-vous que votre fils avait intitulé son livre ainsi ?*

La question souleva le mécontentement manifeste de l'intéressée :

N. Mervan : *Evidemment que non ! J'ai même souhaité le modifier lorsqu'il m'en a fait part, mais il m'en a dissuadé.*

Jacques Mervan vola au secours de sa mère :

J. Mervan : *Je ne vois pas pourquoi l'un d'entre nous aurait dû sacrifier son titre. Vous savez, une fois que l'auteur est parvenu à trouver celui qui correspond parfaitement à son œuvre, il y tient comme à la prunelle de ses yeux.*

D. Poussili : *Venons-en maintenant au contenu de vos ouvrages et commençons par vous, si vous le voulez bien, Jacques Mervan. Ce roman est très différent des précédents. Est-ce parce que vous l'avez écrit à un moment particulier de votre vie, juste après une grave dépression ?*

J. Mervan : *Lorsque vous parvenez à sortir du tunnel, vous n'êtes plus la même personne en effet.*

D. Poussili : *Dans l'incipit de votre roman, vous racontez de quelle manière un soir, en regardant la télévision, vous avez soudainement retrouvé goût à la vie.*

J. Mervan : *J'ai vécu, comme vous le savez, une expérience peu banale. Ma mort a été annoncée en direct à la télévision dans une émission de divertissement. Je n'en croyais pas mes oreilles. Tout à coup, je me suis senti dépossédé d'une partie de moi-même et j'ai décidé de reprendre mon destin en main. C'est ainsi que j'ai pu enterrer ma dépression.*

D. Poussili : *Mais, ce que vous ignoriez, à ce moment-là, c'est que c'était votre mère qui avait envoyé une lettre anonyme à la chaîne pour annoncer votre fausse mort.*

J. Mervan : *Oui, je l'ai su plus tard, en découvrant son manuscrit.*

D. Poussili : *Dans la suite de votre histoire, Jacques Mervan, vous décrivez une rencontre insolite avec une jeune femme sur une route de campagne. On aurait pu croire cette scène tout droit sortie de votre imagination, mais, en réalité, c'était encore votre mère qui en était responsable.*

J. Mervan : *Oui, c'est exact.*

D. Poussili : *Je me tourne maintenant vers vous, Mme Mervan. Tout ce que je viens de dire, vous le révélez dans votre ouvrage qui retrace votre désespoir face à la maladie de votre fils et le plan que vous avez fomenté pour l'en sortir. C'est bien cela ?*

N. Mervan : *Oui, c'est cela. Je ne supportais plus de le voir dans cet état, alors j'ai eu l'idée d'écrire une lettre anonyme destinée à Roland Putier, l'animateur de l'émission « On aura tout vu, tout entendu » dans laquelle j'annonçais le suicide de Jacques Mervan.*

D. Poussili : *Et votre plan a fonctionné !*

N. Mervan : *Oui. Son décès a été annoncé, Jacques l'a entendu et, comme je l'espérais, a réagi. Mais je n'avais pas imaginé qu'il prendrait la décision de se volatiliser, histoire de faire croire à un véritable suicide cette fois et dans le but de jouer un bon tour à tous les pourvoyeurs de scoops.*

D. Poussili : *Qu'avait-il l'intention de faire exactement ?*

N. Mervan : *Se rendre dans l'île d'Oléron où je possède une maison de vacances et y demeurer caché un certain temps. Etant donné qu'il avait pris soin auparavant de prendre rendez-vous avec Roland Putier pour une apparition dans son émission et qu'il demeurerait introuvable, tout le monde penserait qu'il s'était supprimé.*

D Poussili : *Mais vous avez eu du mal à accepter sa décision de partir et vous l'expliquez dans votre livre avec beaucoup d'émotion car, l'endroit choisi par votre fils pour rester caché plusieurs semaines, est celui où son père s'est suicidé, ce père lui aussi dépressif, que vous n'avez pas réussi à tirer des griffes de la maladie.*

N. Mervan : *Oui, j'étais terrorisée, je redoutais que Jacques ne mette lui aussi fin à ses jours. C'est pourquoi j'ai eu l'idée de recruter une personne pour veiller sur lui. Esperanza, enfin… Roselina dans le livre, m'a tenue au courant de ses moindres faits et gestes.*

D. Poussili : *Et vous aviez même pensé à tout ! Page dix, on découvre l'annonce que vous avez diffusée sur Internet pour recruter la candidate idéale et elle devait avoir des qualités bien particulières ! Mais nous ne les dévoilerons pas pour ne pas gâcher le bonheur de vos lecteurs. Quant à vous M. Mervan, j'imagine que vous avez été bouleversé en apprenant que votre père s'était suicidé dans cette maison, car votre mère, voulant vous épargner, vous l'avait caché.*

J. Mervan : *Oui, bien entendu, j'ai été profondément ému d'apprendre les véritables circonstances de son décès, néanmoins, paradoxalement, j'ai aussi éprouvé comme un soulagement. Le malaise que je traînais depuis de longues années a subitement disparu ; inconsciemment, ce drame devait m'habiter et m'empêcher d'être heureux, d'où cette dépression que je ne m'expliquais pas. Mais, je dois dire que ce qui m'a bouleversé plus que tout, c'est la détermination de ma mère, cette volonté farouche de m'aider à m'en sortir et cette incroyable initiative qu'elle a osé prendre pour moi, pour me sauver. Je n'ai pas toujours été un fils à la hauteur et je ne sais pas si je méritais autant d'attention. C'est une femme admirable qui a toujours cherché à me protéger, une mère exceptionnelle, tout simplement...*

Jacques, au bord des larmes, s'empara de la main de sa mère.

D. Poussili *: C'est une belle déclaration d'amour, Mme Mervan ?*

N. Mervan : *Oui, je suis très touchée, mais la mère exceptionnelle a bien failli envoyer son fils en prison jusqu'à la fin de ses jours !*

D. Poussili : *Car la lettre annonçant la mort de votre fils, dont je rappelle que vous étiez l'auteur anonyme, a eu des conséquences inattendues...*

N. Mervan : *Eh bien, je n'avais pas prévu l'assassinat de Roland Putier et encore moins l'accusation de mon fils. Un vrai cauchemar qui, fort heureusement, a eu un dénouement heureux.*

D. Poussili : *Aujourd'hui, la vie s'annonce plutôt belle non ? On murmure que vous pourriez entrer tous les deux en lice pour le prix Goncourt...*

N. Mervan : *Je n'en reviens toujours pas !*

D. Poussili : *On dit aussi de vous M. Mervan que vous filez le parfait amour et que l'heureuse élue serait la jeune femme choisie par votre mère pour vous servir d'ange gardien.*

J. Mervan : *Ah oui, on dit ça ?*

Sourire en coin de l'intéressé.

D Poussili : *Vous ne souhaitez pas nous en dire plus à ce sujet ?*
J. Mervan : *La prochaine fois peut-être…*
D Poussili : *Et vous Mme Mervan, vous avez dû subir une opération du cœur, que vous avez d'ailleurs dissimulée à votre fils, et qui aurait pu se révéler fatale. Voyez-vous, vous aussi, la vie différemment depuis ?*
N. Mervan : *Je profite de chaque instant et j'espère avoir encore quelques années devant moi pour continuer à écrire.*
D. Poussili : *Et veiller encore sur votre fils ?*
N. Mervan : *Bien entendu, n'est-ce pas le rôle de toute mère ?*
D. Poussili : *Votre fils a raison, vous êtes formidable et on ne peut que l'envier d'avoir une mère telle que vous. Je vous remercie tous les deux d'avoir accepté de participer à cette émission. Je vous rappelle chers téléspectateurs, le titre de ces ouvrages :* « **La sauver** » *de Jacques Mervan et* « **Le sauver** » *de Nicole Mervan, des romans à ne pas manquer et dont on n'a pas fini d'entendre parler.*

Epilogue

Venise, Grand Canal
Eté 2008

Dans Venise la rouge,
Pas un bateau qui bouge,
Pas un pêcheur dans l'eau,
Pas un falot…

Les vers de Musset s'échappaient avec force de la bouche de Charlotte tandis que la gondole glissait lentement sur le Grand Canal. Comme sur les bords de la Charente, un an plus tôt, la poésie ne faisait plus qu'un avec le cadre enchanteur.

- Alors Maman, comment trouves-tu Venise ? demanda Jacques.

- C'est encore mieux que ce que j'imaginais ! Cependant, nous emmener toutes les deux avec vous pendant votre lune de miel, mes enfants, quelle drôle d'idée !

- Eh bien, je crois que vous avez l'une comme l'autre bien mérité ce voyage !

- Je suis tout à fait d'accord, fit Charlotte, en arborant un air convaincu des plus malicieux.

- Oui, et puis, après tout, poursuivit la vieille dame, l'œil espiègle, je pourrais peut-être encore me rendre utile ! De quelle façon ? vous demandez-vous sûrement.

La mine grave, elle s'adressa alors à Esperanza :

- Vous ignorez sans doute que votre époux ne sait pas nager.

L'intéressée écarquilla les yeux tandis que sa belle-mère poursuivait :

- Malgré toutes mes tentatives de persuasion, il n'a jamais voulu apprendre ! Quand je vous dis que c'est une vraie tête de mule ! Alors, si par mégarde, il basculait dans les eaux de la lagune, j'en serais quitte pour le sauver une seconde fois !

Un éclat de rire général vint frapper les oreilles du gondolier qui sourit sans comprendre, amusé par ces quatre Français qu'il jugeait fort sympathiques.

Jacques regarda sa mère avec tendresse, puis embrassa sa femme. Il était vraiment le plus heureux des hommes !

Editions Chloé des Lys

L'A.S.B.L. Chloé des Lys, créée en 1999, est une maison d'édition belge, située à Barry, en Wallonie Picarde. Outre le fait d'éditer à compte d'éditeur et de bénéficier d'une totale indépendance, la maison d'édition se base sur une collaboration permanente entre les auteurs et l'équipe de bénévoles chargée de la gestion. Une grande liberté de création est laissée aux auteurs pour la présentation du texte et de la couverture.

Poésie, romans, nouvelles, récits, essais, contes et pièces de théâtre se côtoient. Le fantastique voisine avec la science-fiction. L'humour avec le tragique. La poésie classique garde sa place tout en s'ouvrant sur les haïkus, sur la nouvelle poésie, sérielle ou expérimentale.

Chloé des Lys est un vivier de nouveaux auteurs. L'objectif est avant tout de faire découvrir de nouvelles plumes, qu'elles soient originaires de Belgique, de France, de Suisse, du Québec, du Liban ou des Etats-Unis. Publiant une cinquantaine de titres par an, Chloé des Lys possède une politique éditoriale qui lui est propre : « celle de ne pas en avoir ».

Si vous désirez être tenu au courant de nos parutions, abonnez-vous à la lettre d'information en laissant un message sur notre e-mail ou demandez-nous tout simplement un exemplaire de notre catalogue.

Pour tout contact :

Editions Chloé des Lys,
Rue de Maulde, 26 7534 BARRY
Tél. : 069/84.74.94 Fax : 070/42.06.93
courriel : chloe.deslys@scarlet.be
http://www.editionschloedeslys.be
Axa 800-2266824-12 - TVA BE 466 090 542
N° de dépôt légal : D/2011/8898/6
ISBN 978-2-87459-574-5 – imprimé en 2011